# 나의 살약들

54321

이 도서의 국립중앙도서관 출판예정도서목록(CIP)은 서지정보유통
지원시스템 홈페이지(http://seoji.nl.go.kr)와 국가자료종합목록
구축시스템(http://kolis-net.nl.go.kr)에서 이용하실 수 있습니다.
(CIP제어번호 : CIP2020038156)

박윤배 시모음집
## 나의 살약들 54321

인쇄 | 2020년 9월 10일
발행 | 2020년 9월 15일

글쓴이 | 박윤배
펴낸이 | 장호병
펴낸곳 | 북랜드
　　　　06252 서울 강남구 강남대로 320, 황화빌딩 1108호
　　　　대표전화 (02)732-4574, (053)252-9114
　　　　팩시밀리 (02)734-4574, (053)252-9334
　　　　등록일 | 1999년 11월 11일
　　　　등록번호 | 제13-615호
　　　　홈페이지 | www.bookland.co.kr
　　　　이-메일 | bookland@hanmail.net

책임편집 | 김인옥
교　　　열 | 배성숙 전은경

ⓒ 박윤배, 2020, Printed in Korea
저자와의 협의하에 인지를 생략합니다.

ISBN 978-89-7787-960-7 03810
ISBN 978-89-7787-961-4 05810 (E-book)

값 25,000원

# 나의 알약들
## 54321

박
윤
배

시
모
음
집

북랜드

# 책을 엮으며

돌아보니, 어느덧 시와 함께 살아온 날이 40년이다. 요즘은 수명연장으로 100세까지 산다고들 말한다. 그리고 보면 앞으로 내가 시와 함께 살아갈 날이 40년 남은 셈인데, 이쯤에서 나로부터, 또는 독자들로부터 잊힌 시를 한 권의 책으로 묶어야겠다고 생각했다.

처음 시를 쓸 때의 시와 지금 내가 쓰고 있는 시가 그 근본이 달라진 것은 없어 보인다. 그러나 현실의 사회적 가치들엔 많은 변화가 있었고 홍수처럼 쏟아지는 다양한 정보들과 시간의 속도를 다르게 느끼는 나 자신은 어느새 어제가 아닌 오늘을 살고 있다. 다가올 내일은 어떻게든 또 살고 있을 나를 궁금하게 한다. 이렇듯 지나온 흔적의 일부인 시집들 다섯 권을 한 권의 통합본으로 엮는 데는 나름의 몇 가지 이유가 있다.

첫 시집 『쑥의 비밀』부터 다섯 번째 시집 『알약』에 이르기까지 밥 먹고 사는 일에 급급했고, 누군가 내 시를 조금이라도 알아주어 출판 경비 부담을 내게 전혀 주지 않는 조건을 제의하는 출판사에서 책을 출판했고. 책이 잘 팔리는 유명출판사에서 책을 내어야 한다는 욕심이 전혀 없었다.

소위 '중앙 문단에 내 시가 발표되지 않으면 어떤가? 살아서보다 죽어서, 누군가 내가 쓴 시 한 줄을 찾아 읽어준다면 그것으로 시인은 잘 산 것 아닐까?' 하는 소박주의에 빠져있었다. 그러다 보니 시집이 나오면 주위에 무료로 나눠주고 결국에는 나조차도 가지고 있는 시집이 없다.

그러나 문제는 요즘 시를 가르치는 일로 살다 보니, '선생님의 시집은 왜 서점에서 구입할 수 없느냐?'는 곤혹스러운 질문에 부딪히기 일쑤이다. "변방의 시인은 대개 그래요."라고 웃으며 넘기다가 더 이상 민망하지 않으려고 이미 절판된 시집들을 도서관에서 찾아내어 부랴부랴 묶어낸다.

2020년 긴 장마 끝에
박윤배

나의 *알약들*
54321

## 차 례

박윤배 시모음집

# 5
## 알약

## 시인의 말

쓴맛이 좋다. 누구는 복수를 위해, 누구는
치유를 위해, 쓴맛을 가까이했다지만 나는 그냥 이유
없이 쓴맛이 좋다. 살다 보면 얼굴 찡그릴 일 한두 가지
아니어서 미리 맛보는 쓴맛. 만경들에서 캐서 보내온
씀바귀 뿌리를 잎 돋기 전에 씹었으니, 입안은 오래
쓰다. 내 허에서 허공 지나 그대에게로 건너갈 말들이
쓴맛을 뭉개는 단맛으로 읽히길 기대한다.

2015년 여름
水上家屋에서

# 차례

알약

## 수인囚人

제주 용천동굴에서 보낸
六千年의 고립을
어떻게 말해야 하나
주홍미끈망둑
이름 하나 얻었으니
눈 더 퇴화한들
어둠은 더 이상
두려움이 아닐 것
천연기념물 제466호가
큰 머리에 멜라닌 색소 빠져나간
주홍미끈망둑이라면
나는 오직 당신에게
눈멀고 싶은
수인번호 제467호

1

# 정지를 만나다

막이 둘러쳐지면 파란곡절 뒤에서 울던 가족들은 일제히 울음을 멈춘다

한동안 가슴에 묻어둔 서운함과 고마웠던 일들을 찔끔찔끔 울며 이야기하고는 혈색 버린 망자를 떠나보내려 한다. 먼저 도착한 자식부터 늦게 도착한 자식까지 눈시울이 붉었다. 산소 호흡기와 여러 눈금게이지들 숨이 가빠지고 흰 가운 의사는 시계를 주시한다

운명하셨습니다

선고가 내려져도 망자의 아내는 여전히 발을 주무른다. 가족들은 차례로 이마에 입을 맞춘다. 그러나 모든 건 추측일 뿐, 막 뒤켠에 있는 나는 모른다. 모든 건 소리의 짐작일 뿐

조용해졌다

# DMZ 해석

산채에 토벌대가 다녀갔다. 두령을 따르던 우두머리들은 죄다 갈가리 찢기거나 잡혀가고 딸린 식구들은 뿔뿔이 흩어졌다

그렇게 흩어졌던 식구들 다시 불러 모은 건 무청시래기. 양식도 없이 떠났던 눈만 맑아 죄 없는 어린 것들, 고픈 배로 쪼그리고 앉아 무쇠솥 바닥에 불 지펴 아궁이 앞에서 우려내는 뼛물

그날 이후 부끄럼 많은 어린 처녀 허리에 질끈 묶여 치맛단이 된 무청시래기

DMZ 그건 진동하는 풀 냄새였지. 이게 영문 약자도 모르는 무식한 나의 해석. 그대 처마 고드름 눈길에 나 절뚝거리는 짐승 거두지 못하고 더 춥고 캄캄한 지뢰밭 속으로 돌려보냈으니, 용서하시길

철조망 너머 그댈 적외선 투시경으로 암암리에 살핀 나를 조금씩 용서하시길

# 발치의 시간

알약

꼿꼿이 서 있느라, 가보지 못한 각도까지
앞니를 혀로 지그시 자빠뜨린 탓에
잇몸 안쪽이 저릿하다

살아온 날들 모든 기울어짐에는 이유가 있듯이
지은 죄들을 다 일그러뜨리고 보니
핏물 낙조로 헐떡거리는 난 중생이었다

무모함을 이렇게 마감하는 것도 괜찮지 않겠어?

앞니, 있고 없고의 차이가 궁금해져서
벌린 입 안을 손거울로 비추는데
첫 사랑 내 얼굴을 추억하는 그녀
이 빠진 얼굴 설산 크레바스 같다 하지 않을까

이유 있는 문 열려다가
생겨난 통증이여, 이제 그만
없는 달의 모서리 자근자근 깨물다가
뻥 뚫린 허욕의 자리 혀 들이밀고 보니
질긴 들꽃 물어뜯던 기억으로 가라는
뚝뚝 아우성이 들렸다

입춘에서 우수까지의 한 절기
지그시 통증 발효시키고 보니
이빨 사라진 자리 생각보다 크다

15

# 천 년의 구간

플라스틱 세숫대야가, 내 얼굴 때를 먹고
얼룩지더니, 연밥의 싹을 틔운다
신라 능에서 출토된 연밥이
천 년 세월 건너뛰어 싹을 틔웠다 해서
나 또한 지난가을 단풍 든 속리산에서
법주사 종소리로 둥글어진 연밥 몇 개 사 온 뒤
겨울 말미를 흠집 조금 내어 물에 담갔다
순한방샴푸 발라놓고 감는 머리
거품 꺼지는 소리 들려주던 세숫대야
그 세숫대야를 토실한 연밥에게 내어주고
그냥 수도꼭지에 목 들이밀고 기다리다 고개를 드는데
연밥도 머릴 감고 있었나! 꾸역꾸역 거품이다
오천 원에 열 알 덤으로 다섯 알 더 받아온 연밥
봄볕 찰랑이는 나의 세숫대야에 잠겨
몸 안 거품을 먼저 꺼내고서야 싹은
초록 틈새 벌리느라 팽팽한 신음이다
일주일 만에 열다섯 알이 동시에 아랫도리 벌리니
푸른 오줌발에 와자해진 세숫대야
삐죽하게 고개 쳐드는 연의 줄기로 보아
머지않아 둥근 연잎이 넘쳐나겠지

16

누군가 흠집 내어 주길 기다리는 우주의 종소리들이
수돗물을 타고 내 정수리를 흠씬 적신다
겨우내 얼어있던 2층 누옥의 화장실 수도꼭지에서
천 년 전 사찰 연못에 드는 물길인 양
진흙 속 노래가 좌르르 새어 나왔다
흘린 땀의 시간들 씻겨주던 세숫대야 안에서
그렇게 핀 연꽃의 언어는
천 년 후, 그녀 겨드랑이 향해
물씬한 내 살 냄새를 전송하고 있다

# 읍邑에 가는 이유

옷 바꿔 입으려는데 왼팔이 들리지 않는다. 통증 깃든 오십견 어깻죽지 데리고 한 사내 고령 가야 하는데, 하늘과 땅의 접경이 자욱하게 일어나는 먼지다. 그제야 한 주간 붕붕거렸음을 아는 사내, 해의 경로 따라가는 서역西域은 가까워서 멀다

금산재 넘는 사내가 감춰 둔 애인은 오후 5시 50분, 얼마간 따뜻해졌을 늦겨울 토요일 능 속 아직 깨어나지 않은 미이라다. 구름밀랍에 쌓여 있다

바람 시녀가 빗겨주는 마른 풀들의 뿌리들, 굳은 어깨뼈에게도 막힌 실핏줄이 뚫릴 거라고 믿는다. 그런저런 고령 가는 길은 언제나 꿈꿀 알의 부화가 능선에 있어, 터널을 놔두고 둘러서 가도 그만이다

햇살이 뜨겁게 감아준 머리를 다시 낮달이 따라오며 빗겨준다 하여도 지명 바뀐 대가야읍은 여전히 내겐 고령. 가뿐해진 정신을 위해 가뭄과 장마가 저지른 죄업은 회천강이 씻겨준다. 늘 그 높이인 강물로, 건너온 바람이 구부리는 옻나무 목신 강의를 귀 없이도 알아듣는 가야의 아낙들

나를 되레 타이른다. 땅거미조차 품는 능들은 깨우지 말라 한다. 강의는 무슨 강의 당신, 손톱 물어뜯던 버릇이나 고치고 가시라고, 그리 대단

할 것도 못 되는 오십견 통증 따윈 능 속 삭아가는 갑옷 곁에 놔두고 떠

나라는, 나직한 권유다

　대가야읍 고령은 그렇다. 묘한 예의가 곡옥에 비친 눈꽃으로 발화發話

된다

## 보석가게를 오픈하다

얼마 전 내가 운영하던 詩창작원에서
기초반을 수료한 보석공예가 김경수 씨
그가 꽃신 구부려 만든 반지를 보고
나 보석가게 차리고 싶어졌다

허술한 출입문에 워낭 달고
보안장비는 필요 없이
보석가게 하나 차리기로 했다

첫째 진열장엔 어느 시인 눈에 번쩍 뜨인 노루의 초경 스민 돌
둘째 진열장엔 연경지에서 만난 붉은 찔레꽃
셋째 진열장엔 박꽃 피던 지붕 위로 던진 유치 몇 개
넷째 진열장엔 서투른 내 작두질에 베인 어머니 손톱

회칠한 벽면에는
낙타를 타고 먼 길을 걸어올 외로움에 지친 자를 위해
사막 주점 삐딱하게 걸려있던 멈춘 시계라 해도
마음속 보석인 듯 나는 걸어두리

평생을 노동하며 살았어도

먹고 입고 가르치다 보니
모은 돈 별로 없고, 잠시 허욕에 탕진한
신불자라면 더더욱 반갑게 손님으로 맞이하는
그런 보석가게 주인이 되는 거지

진열한 보석을 보는 그들 눈빛에
내 보석들은 더더욱 반짝이지 않을까

# 허공을 얻다, 유리가 유리를 버려서


깨어져 응접탁에 얹힌 유리를 본다

망자亡者 얼굴인 듯, 망연히 내려다보는 나를
하나이던 유리가 갈라져 여러 쪽이 되면서
유리에 박힌 수만 개 눈이 동시에 실눈 뜨고 올려다본다

열로 녹여 다시 유리로 태어나게 할까

고민의 종착지는 본시 저 유리도 알알의 모래였을 것이므로
내 몸 점들보다 자잘하게 쪼갠 뒤
적도에서 은하수를 마주하는 일로 눈부시게 살도록
찔레 넝쿨 아래 장지葬地를 마련한다

내 눈이 새순 눈을 찌르고 나서
너는 송이송이 흰 꽃으로 돌아오겠지
막막함을 사이에 두고 주고받은 대화를 생각하니
애먼 가슴은 저려왔다

강화強化라고 불리던 너를 보내고
사막을 건너온 날들, 낙타 발굽에 끼였던 모래인 듯

삶의 건기가 지속되는 날이면
마른 눈물로 난 고통의 망치를 닦겠지

한순간 방심으로 멀어진 당신 몸 조각들

지금은 눈발 부르는 눈빛이지만
유리를 버리고서야 너는 비로소
먼 훗날에게 투과의 허공을 나눠주리라

# 청바지를 사다

비쩍 곯은 다리에 껴입을 청바지를 샀다

물간 청바지면 어때 그 청바지에 들어간 허리 아래는
강물처럼 파래졌다. 제멋대로인 싱싱함은 곤란하기에
다음 날은, 채워두어야 할 벨트를 사러 갔다

거울 앞에서 청바지 급하게 갈아입다가
아아얏! 비명을 들었다, 깜빡 잊고 벗어둔 속옷 탓에
지퍼에 쭈글한 구슬 주머니가 끼어서
청바지는 핏물이 조금 번졌다
그래도 난 청바지 입었으니 보법步法도 가볍다

청바지 사고, 청바지 입고 건너는 아양교
다릿발 아래서 배란기 알찬 배 끌고 가는
잉어들 고통 또한 바라봄이 즐겁지 않으냐

다리도 나도 청바지 입고 서서
먼저 우주 살피라고 남편 떠나보낸
몇 살 연하인, 한동안 문 닫고 살아서 처녀가 되었을
별, 너무 오래 보다 눈까지 흐려진
과수댁 그녀를 떠올린다

감당하기 어려웠던 외로움에게도
당당해지기로 한다

# 정구업진언淨口業眞言

알약

　습관적으로 거드는 손을 그냥 놔두고
　한 송이 포도를 입으로 다 따먹고 나니
　안 보이던 길이 보였다


　검게 그을려 탱글탱글해지기까지, 새의 어린 입술과 늙은 입술은 번갈
아 지나갔을 테고, 번개 삼킨 비의 혀끝도 닿았으니, 능욕 신맛 버리고 단
맛을 얻은 것이지


　공중 둥글게 부풀리던 알들, 수리수리 마하수리 수수리 사바하 말로
하는 약속은 이제 그만, 원시 음성을 아 아 오 오 들려줘!


　남겨진 것은 몸이라는 절벽에 매달린 손끝 발끝들, 길이 마지막으로
물고 있던 알알 포도들 꾸역꾸역 밀어 넣은 곳이 검은 입속이었으니,
　움켜쥘 네 공중은 홀쭉한 무욕이어도 좋았다


　둥근 말로 지은 죄업들을 길에 버리니
　잘린 탯줄 같은 몸 끝자락 막다른 길에
　피딱지가 피운 꽃들이 총총하다

## 알약들

반쪽짜리도 하나 끼워 동글동글
희뿌연 간유리 창 안에 모여 있는 우리는
모서리가 찢기면 우르르 몰려나갈 알약들

목구멍 좁은 당신은 한입에 털어 넣지 못해
한 알씩 오물오물 삼킬 테지만
끝끝내 달려가 만날 곳은 목젖 너머의 통점

가래 끓는 기침 좀 그만하라고
당신이 믿을 밖에, 별도리 없는 처방전 들고
약국 가던 그 날부터 우리는 잠시 걸터앉을 곳이
문드러지는 몸의 가지인 줄 알았으니

왜 가냐고, 갔다가 편치 않으면
얼른 다시 돌아오라는 눈인사는 하지 말 것

둥근 물빛 안고 목젖 너머 미끄러져야
나는 제대로 뜨겁게 살았다 할 것이고
잠시 찾아온 몽롱, 그걸 당신이 즐기려 한다면
너와 나의 최후는 비참해질 뿐이지

그러고 보니 엊그제 만개한 철쭉도 알약

누군가를 위해 잠시 피었다가
해거름 발길에 채여 뚝뚝 떠나는 흰 꽃잎들
그걸 누구도 슬픔이라고 말하지 않는다

무겁던 발등의 공중이 가뿐해졌다며
툴툴 털고 일어나 운동 나서는 사람들

## 파계寺에서

아침 독경讀經에
덩달아 익은 열매들

가랑잎 사이 곧추서는
청설모 꼬리 향해
몸 던지자

없다(무無다)

텅 빈 그 자리엔
얼굴 수심 찬 동자승이
쪼르르 안 보이던 길을

산문山門 밖에
내다 걸고 있다

# 봄감옥

알약

화가 이영철 씨가 살색으로 그려놓은
〈봄〉이라는 글자에는
수천의 미로가 들어있다

경칩에 나온 개구리가 뱃속 가두었던 천 개의 알
그 알을 다시 가둔 웅덩이
더듬는 손끝 그 슬픔은 미끄덩하게 만져졌다

그러니 나 당신 살결 밟고 가서 무슨 꽃 파종할까

그러고 보니 당신은
가닿지 못한 어느 행성의 연못 같아
첫발 닿아 움찔대긴 했지만
나는 재빨리 갈아입을 우주복이 필요했다

첫울음 울어댄 그 날부터
혼자 갇힌 껍질 속에서 오래 더 길 잃은 나였지만
찾을 사랑 아직은 남아서
한참은 더 미지의 우주를 헤매야 할 것 같다

〈봄〉이라는 글자는
그래서 여전히 캄캄한 감옥이다

# 따뜻한 조문弔文

1.

묵은 김치 씻어 펼치고 여자가 부침개 굽는다. 진달래 꽃잎으로 징검다리도 놓는다. 자근자근 밟고 떠날 그대에게 나 더는 솥뚜껑 무쇠 바닥이고 싶지는 않았는데, 순간에 달아오른 뜨거움도 아니고 싶었는데, 여자는 그냥 그대로 이러고 산다고 푸념이다. 더 얇게 반죽 펴다가 데인 손바닥, 그 여자의 우주는 둥근 물집에 납작하게 살고 싶은 나를 며칠째 가둔다

앞뒤로 번갈아 슬픔 굽는 일에 익숙해졌다

2.

아버진 불 끄러 가서 돌아오지 않았다. 물끄러미 큰 산 바라보며 통치마 속 뭉클하게 부풀어 덩달아 가슴도 흔들리는 여자가 빈집을 지키며 산다. 아직도 산비탈 뱀 구멍에 감춰둔 구슬 걱정인 여자. 논두렁 쥐불 놓다 불 번져 아재 감옥 다녀온 후 평생 속죄로 심은 살구나무. 그 분홍 꽃들 일제히 부풀어 오르기를 기다리는 여자. 봄만 되면 그녀 부침개는 뒤집힌 슬픔 맛이다

30

3.

거뭇하게 타버린 잡목 우듬지에 종달새가 까놓은 알들이 다시 팽팽하다. 그을린 아버지 누웠던 자리에서 땅거죽을 뚫고 고사리 솟구친다. 태중 아기 손 같은 싹 햇살에 펴질 때, 알껍데기 밖으로 덩달아 내민 새 새끼의 붉은 두개골에도 하품 아물리는 솜털이 자란다. 출렁이는 꽃 지게 보폭 가늠하는 슬픔 언저리 듬성 놓인 징검돌을, 잇몸 헐거운 아버지는 훌쩍 건너뛰어 서천西天에 든 것이다

4.

얼굴에 주근깨 총총 박힌 여자. 아지랑이로 어른거리는 향불 앞에서, 내가 건넨 분홍빛 조문弔文을 읽는다. 조문은 산 자에게 보내는 위로여서 당신, 삶이 감옥 같던 봄날은 이제 말갛게 지워지라는 발원이다. 화끈거리는 지문도, 떠난 자의 눈물도 바로 뉜 쪽파 같은 내일이면, 뼛속에서도 꿈 찰지게 껴안으라고 나는 썼다. 그녀가 앞뒤 번갈아 구워낸 부침개에 옮겨두는 젓가락에, 가시는 발걸음 가볍도록 왕생극락을 빌어 보탠다

# 봄바람을 첨添하다

수상가옥水上家屋 시창작교실
기초반에 시 배우러 온 이원숙 씨
봄바람은 바람둥이라 쓰셨네

아랫마을 김초시네 고명딸 건드려놓고
홍매화 건드렸다고 능청인 봄바람
혼삿날 받아놓은 윗마을 안동댁 규수 건드려 놓고
개나리 건드렸다고 발뺌하는 봄바람
입맞춤해놓은 꽃들은 수천인데
솟을대문 늙은 과수 또 넘보는 봄바람
산골짜기인 줄 알고 더듬기만 했다고 소문내다
일찌감치 황부자댁 과수 찜해 둔 돌쇠에게 들켜
낫 날 아래 줄행랑치는 봄바람

이월 보름달 밝음에
가슴 붉어진 진달래 알몸 몰래몰래 만진 죄로
바윗돌 안쪽 알밴 가재 골반 그 감옥에
며칠은 갇혔다가
콧대 높이고 목련낭자로 서 보는데

32

*살금살금 달려오다 그만*
*대구역 노숙녀 소매 깃에 머물고 있다는 봄바람*

언제 오겠다는 통보 없어
나를 슬프게 하는 봄바람

* 누운 글씨를 제외한 세운 글씨는 이원숙 님 詩(봄바람) 원작임

## 梨花에 月白하다

배나무 옹이에 든 달은
우연일까 아닐까

그대로 두면 고드름이 될까 봐
뿔 자리 근지러운 염소가 자꾸 치받는다
열두 살에 거두어간 기억 돌려달라고
배나무에 앉은 언 몸짓 새는 흔들리고

달포쯤 의식 없던 나를
그날, 뉘어 놓은 곳이 배나무 아래였다지
먼 옛날 굿판에서 걸어 나온 그녀는
긁어서 생겨난 피딱지 오늘에야 씻기러
온천엘 데려가겠다 한다

잎 없는 가지가 찌른 허공이 붉다는 것은
머지않아 그 자리 분명
위로의 흰 피가 걸릴 징조라 해도 좋을 듯
기억을 저장하는 일보다 지우는 일에 익숙하라고
우듬지에 목마른 새 앉혀둔 후

그리워졌다, 땅과 하늘 수직 소통

어디 가서 그 옛날 배나무 만나 올봄엔
월백해볼까

# 다시 梨花에 月白하다

그럭저럭 꽁꽁 언 하늘 긁었어도
나는 심심하다는 것이지

나비 기다리고 있을 이곡梨谷의 나무에게
콧김이라도 쐬어달라 해 볼까

산발한 무수한 생각들 흰 아우성
배나무 앞에서 동공 하얗게 지워질 때까지
난 눈감고 서 있어야 할 거야

이젠 다 자란 내가 군침 삼키며
물 많은 그녀에게 들이미는 앞니에
아마 그녀는 풋배를 보여주며
기다리라 하겠지

새를 숨기기에 적당한 겨드랑이
하염없이 허물어지는 봄날
그대가 터트린 꽃물에

필연처럼 나는 月白해질 거야

# 칠월 주막

자귀나무는 꽃 핀 주막이다

무더위 속에 바람 간간 스치자
문설주 기대앉아 펼치는
기막힌 화장술을 알고 있는 주모는
붓끝 볼터치 유연하다

저 여자 나이는 물어서 뭘 해
달빛 핥아 더 살갑게 포개어질 꽃술에
길에서 보고 들은 이야기보따리 들고
한 사내는 문간에서 기웃거린다

묶음을 제대로 푼다면
오늘 밤은 합환도 꿈꿀 수 있으리
나를 환장하게 하는 귓불 붉어진 여자
자귀꽃은 지친 내 발목쯤에 기대어
또 다른 나그네가 찾아오기 전
문고리 안에서 단단히 묶느라
치마끈 풀고 있다

그녀가 있어, 칠월도 나도
허리춤 헐겁다

# 찰거머리

뼈도 없는 것이
소리소문없이 다가와 피를 빤다

내 종아리에서 포식으로 굵어지다가
결국에는 비대해져서
저 혼자 나자빠진다

아직도 내 피가
네 식성에 도움이 되다니

자본주의 얼굴로 비춰지기도 하지만
햇살 아래 꺼내놓으니
뒹굴다 말라가는 모습은
영락없는 비참이다

움츠리다 펴는 몸동작
피 흘리는 시간은
언제나 물빛 아침에 있었다

밤이 고된 너에게
나 따뜻한 밥이었다니
여간 감사한 게 아니다

# 연탄재 무덤

1.
삭는 불의 무릎을 건드리는데
수억 년 전 나뭇잎 냄새다

닳은 곡괭이에 전이되어야 할 가난한 사랑이
피식 피시식 마지막 불꽃이다

꺼진 줄 알았던 당신 불구멍에
진눈깨비가 닿으면
착화탄 숭숭한 구멍구멍 지핀다고
눈물 콧물로 쿨럭인 몇몇 날들이
나태의 혈관을 부풀린다

한번 달아오르기만 하면
옮겨 붙이기는 그리 어려운 일 아니라는 것
너와 난 아는 탓에
아래로부터 차근차근 더듬던 몸
몸 위에 올리는 다른 몸 하나까지
알뜰히 태우고 남은 불씨라서 더 정겹다

젖은 너의 몸 구멍 위에
내가 얹어둔 물주전자에서는
곤충들, 나무들 죽는 순간 남긴 비명

불 꺼진 뒤에도 한참은 더
자글자글 끓는다

2.
그리움을 오래 삭혀온 몸이란 대개 가볍다

스물다섯 개 숭숭 구멍 뚫린 폐기물
수거차 올 때까지 밖에 내다 놓으니
무슨, 덜 태운 미련이 남았다고
태워서 이미 가벼워진 몸에게
길 가는 사내들 담뱃불 쑤셔 박는다

그건 소용 다한 구멍일지라도
내다 버린 재 무게가 버겁다는 것을
양기 허약한 남자들은 안다는 것이다

당신, 한동안 뜨겁게도 살았기 때문
그날그날 버리지 못한 내 게으름을 다독여도
타버린 구멍 속 고독의 바닥은 참 깊었다

그 위 눈 내려 이룬 흰 봉분은
날아오르는 새의 날개를 닮았다

나른하게 드러누운 살빛 무덤
백악기도 쥐라기도 이젠 가벼워져서
영락없는 활공의 각도다

# 검단동 가을

붉나무 둥치를 모서리 많은 바람이 툭툭 차서
애꿎게 쓸려 다니는 마른 잎의 행간
눈 기다리는 마음은 비좁다

흰 길 이리저리 남기는 전투기들
버스 기다리는 변방 하늘을 날아도
아주 걱정 없다는 듯, 금 간 아파트 담장 아래 포장마차
바퀴는 고정되어 있다

계절에 안 어울리게 펄럭이는 꽃무늬 치마
둥근 허리 접고 앉은 젊은 여자
간장에 어묵 오래오래 담그는데
함부로 바퀴 굴리지 않는 포장마차 주인 그녀도
얼마 후 표정은 닮아있다

몇 해 전인가 장맛비로 불어난 강물에
아이를 고무공처럼 쓸려 보냈다는 그 여자
한 방향으로 쓸어 넘긴 머리는
나뭇가지에 걸린 비닐인 듯 흐느적거렸다

슬픔에 흰 머리핀 꽂아주고 날아가는 전투기에
통통 불은 어묵이 이유 없이 슬퍼
금호강 간장 종지 속 가을은
팔 할의 썰린 청양고추가 채우고 있다

# 멈칫

사망 시각을 알린 어머니 담당 주치의가 미끄러지듯 끌어 덮던
흰 보 자락이 한순간 멈칫, 그때 내 눈을 잠시 붙들던 건
젖꼭지였다

# 먼지

머물다 떠나는 자리이거나
풀고 싸는 짐 속에
소멸 흔적 켜켜이 쌓인다
씻은 살갗인데도 또 밀리는 때처럼
밖에서 날아들지 않아도 슬픔은
안에서 꾸역꾸역 밀려 나오기도 하는 것
홀연히 말라가는 나뭇가지 위
풍장으로 널린 새의 죽음도
아침 내내 선명했던 울음도
어느 날엔가는
쓸쓸한 기억이 되고 말리라는 예감
한때 검정구두 반들거리던 기억도
희미해지다가 결국엔 먼지 되어
허공 움찔움찔 차는 것
3대代가 든 사진 액자 모서리에도
활자活字 빼곡한 책들 서가書架에도
촘촘했다, 먼지는

내소사來蘇寺 문살 나이테에
늦가을 햇살 내려와
목어 소리 삼키는 동안에도
먼지를 탑塔으로 쌓고 허물고

# 입속의 푸른 잎

알약

칠성판 위에 반듯이 뉘어지기까지
눈앞에서 겹겹 포장되는 당신
틀니 있던 자리는 허전했어도
납빛 얼굴은 평온하다
생전 전쟁터 총 들고 누비던 발에도
흰 버선이 신겨지고
포성에 일찌감치 멀었던 귀에도
하얀 솜이 막아주고 나니, 남은 건 감겨줄 눈이다
그렇게 살아온 날의 흔적들
모두 지웠다 생각했는데
저 앙다물지 못하는 입을 어쩌지?
향 연기 속 오열인 식구들
이제 그만 슬퍼들 하라고 당신은
냅다 이불자락 끌어 덮듯 관 뚜껑 당긴다
무상한 구름에게 단단히
난 자물쇠 채우지도 못했는데
어찌 저리 급하신가, 생각해보니
당신 입안 스멀스멀 자라는 식물 싹을
내가 눈치챈 것을 알고는
아무에게도 보여주기 싫었던 거다
그러고 보니 당신은
푸른 잎 키우려 가신 것이다

# 사랑나무그늘

1.

꽃이 가지를 덮는다
봄은 와서 오래된 자두나무가
만지작거리는 자두알
발기 잘되던 한때를 떠올리지만
수유기 지난 지 오랜 그녀의 젖가슴은
납작한 저녁 그림자에 닿았다
어둠 가득한 집에 들기 전
더욱더 팽팽하게 원을 돌지만
사람이 살다 떠난 빈터에
남겨진 염소가 흔드는 나무는
한 가지 건들면 건드릴수록
살아있다는 것이 슬픔임을
자두나무가 알려 준다

꽃핀 그늘, 그 경계 밖으로
우르르 쏟아진다, 흰 달빛

오래전 집 나갔던 사람이 돌아와
켜놓는
시큼한 등불이 그립다

2.
새들, 굶주린 이빨을 드러내도
떨어진 자두알 갉아먹고 자란
새끼 들쥐들은
나무 주위를 맴돈다

둥글기가 자궁 같은 자두나무 그늘 안에서
따뜻한 눈초리에 머물고 싶다면
너와 나 바라보는 슬픔 중심에
언제나 여무는 씨앗을 두어야겠지

도회지로는 옮겨오지 못한 나무는
추억 속에서 해마다 뻐꾸기 울음에 얻어맞으며
푸른 등짐 가득 꽃피울 줄 알았던 것

30년 만에 전화로 안부 물어올
섭이, 숙이, 옥이 목청 또한 풋자두일 거라고
거미줄로 이슬 매달고 있는
나의 자두나무여

그녀 옷고름 풀지 않길 참 잘 했다는 생각이
천천히 낮은 곳 가지부터
혹은 툭툭 터진 살결 아랫배 근처를

위로의 빛깔로
하얗게 문지르고 있다


3.
과거 사람을 만나는 일이
망설여지는 내겐
흰 보자기 뒤집어씌우고 내리치는 몽둥이에
얻어맞은 듯, 봄비에 온몸이 아픈
지워낼 수 없는 추억이 있다

벌떼 부르기에 분주한 나무는
나이 들수록 윙윙거린 이명에
반경이 아득하다

흰 수의 갈아입고 나 저승 갈 때까지
사랑나무는 폭죽처럼 흰 꽃 피워줄 것이다

해마다 반경은
조금씩 넓어져도 거기서 거기인
둥글게 사는 것이 즐거운 일임을

싱싱한 변명으로 덮어주고 있다

4.
봄비가 자두나무 꽃핀 어깨를 툭툭 친다

좀 더 일찍 온 꽃들은 취해 비틀거리고
황사의 하늘을 저리 비키라고
버짐 내려앉은 땅 반경 위에 긋는 흰 선들은
휙휙 날쌘 드로잉

막 돋은 풀 뜯고 있는 염소들 뿔 위로
흙 헤집고 끌려 올라온 풀뿌리를
다시 적셔주는 건 봄비였다

봄이 와서 저절로 나무가 꽃 피우는 거라고
태연함으로 얼버무리는 나이가 되어서
진즉에 알고 있었던 겨울바람 눈짓
애절한 기다림도 눈치채지 못한 척
숙맥인 듯, 빙빙
오늘도 맴도는 한 사내

지난 아둔했던 시절 그리움들도
흰 꽃 틈새, 연록 붓질을 하는 거야

둥글어서 치열한 염소똥 같은 슬픔을
찔끔찔끔 풀 뜯긴 자리에 내려놓는다

# 방생 放生

눈두덩이 어여쁘나 입가 찢긴 물고기를
레이스 자락 펄럭이는 홍류동 속치마 계곡에
누가 풀어놓아 준 것일까

열목어, 중태기, 산천어? 뭐라고 부른들 어떻겠어! 낚시로 건져온 물고
기 빗물웅덩이에 가두어 기르다가 하늘만 보여주는 일이 갑갑할 것 같아
데리고 찾은 계곡, 물이끼 밟아 발목 삐끗 아랫배 미끄러운 네 몸을 놓치
고 만 거지

눈빛이 때 묻지 않았다는 것 멀리서도 알고 나타난 능청스런 오리, 근
엄한 목 세우고 유유자적 물속 감춘 발에 단풍에 詩를 적어 띄워주니, 나
떠난 물고기는 폭포 아래가 열락悅樂이라도 된다는 것인지, 교태 몸짓이
다. 하얗게 말리는 끝자락에서는 더더욱 폴짝거리기를 마다하지 않았다

단박에 꿀꺽 삼키지 않는 것은 오랜 오리 습성, 간지럼 다 빼먹고 난 뒤
에야 부들부들 마감하는 진저리 주검을 즐기겠지. 그러한 관망 속에서
낚는 것보다 함부로 놓아주는 것이 더 큰 죄인 것을, 철마다 찾는 해인사
부근 홍류동 계곡에서 나는 천천히 알아가겠지

　아무튼 방생은 했으니, 나머지 생은 몸 미끄러운 너의 몫, 데리고 놀던 늙은 오리 어느 날, 부리 세워 목숨 거두려 달려들 때, 갈라진 바위틈이 줄행랑으로 몸 숨길 방공호인 듯, 몇 개는 눈 감고도 찾을 수 있게 미리 미리 알아두라는, 고작 그게 나의 소박한 당부였지

　어쩌겠어, 무심히 놓쳐버린 눈빛 머리 깎고 불가에 귀의하기엔 늦은 나이 관망 눈길로 고독 즐기던 두루밋과인 내가 그렇다고 오리는 될 수 없지

　이참에 휘적휘적 산비탈 적멸보궁 가서
　그간 낚시로 물고기 입 찢은 죄
　외발로 서서 빌어나 보는 거지

## 강원도 사람

어리숙한 인상에 울퉁불퉁하지만
엉겅퀴꽃, 물초롱꽃, 할미꽃 진창 피어난
민둥산 놀이터에서는 군말이 없다

한 사람 무덤 주변에서
약쑥 여린 싹 위로 아지랑이 가물거릴 때
고무신 감춰두어 옥이가 애탈 때
그 절망스런 얼굴 늘 미안하게 기억해서
아내에게도 늘 환한 웃음을 주려는 사람

감자라 불리는 사람
싫은 소리 성깔 함부로 내보이지 않는 사람
양지 녘 연신 개미귀신이 함정을 파도
보드라운 흙 웅덩이를 개미에게 알려주는 사람

먼 산 뻐꾸기 허우적대는 소리에도
배고픔의 시절을 한밑천으로 사는 사람
세속도시 삶이 힘들다 느낄 때에도
적어도 아들을 공부하라 윽박지르지 않고
뻐꾸기 소리만 들려줄 뿐인 사람

비 오는 날이면 정선아라리에 젖어
실직 이유로 빈방에서 곰곰이 생각에 잠기다가도
아이의 잠든 방 안 들여다보며
은박 금박 별자리 천장에 매달아주는 사람

험한 비탈 밭고랑이 넘실거려
쟁기질 아버지 땀 젖은 잠방이 삶이 눈앞에 훤해서
놀며 지낼 엄두가 나지 않는다는 사람
평생 동무하면 좋을 사람

# 포획되다

1.

어디 매달릴 곳 없다면
슬프겠다고
공수래공수거空手來空手去!
응얼거리는 한 마리 거미
피 뽑아 지은 순은純銀빛 집에서
사지를 걸치고 누워 바동거린다
기다림에는 이미 익숙해졌겠지만
살아가는 맛을 어디서 찾나!
몸집보다 날개가 큰 잠자리
흔적도 없이 분해할 생각으로
거미의 아랫배 저절로 부풀었다
둥글고 투명함보다 비릿함이 가끔은
신비스런 상처 남길 때도 있어
우리의 아침은 참 영롱했다
그대 포획 그물 안에 매달린 나
팔 근력 확인하기 위해
그대 안에 없는 즐거움 꺼내려
기꺼이 자근자근 씹히는
먹잇감이 되어준다

2.

영혼을 흔들고 가는 그대가 있어
나 입맞춤을 밤 인사로 건네야 했지
쟁쟁한 아침 기억 속
전선이거나 굴참나무 잔가지들이거나
포르릉 날아오르는 작은 새들에게
간간이 남겨줄 일이란
가지 끝 발 구름판이 되어
지상의 젖은 것들 말리는 햇살
구름 밀치고 나오기 전까지만이라도
어르고 달래주는 일
너의 요람으로 걸리는 일
끈적이는 너의 그곳에서 기거하다 가리라며
이슬은 알알이 구슬로 꿰였기에
눈앞에서 감쪽같이 사라지는 일로
그대 음지의 슬픔까지 데리고
나 말갛게 증발하리라

3.
쨍쨍한 햇살 속에서 수레를 끌거나
지루한 장맛비에도 쇠꼴 베어오시던
아버지 당신은
집에 포획되어 사셨다

질척이는 논둑길 중심 잡기로 걸어서
법 없이도 살다 갔다 말하지만
배운 것 없음을 한탄하던
당신 노랫자락 끝에는 늘
있었다, 물방울로 지은 집 한 채

땀 젖은 옷가지 빨랫줄에 널며
당신 마당 어귀에 연못 팠다고 해도
첫 햇살과 만나는 토란잎에
물방울로 포획되었던 것이다

해 뜨기 전 잠시 가져본 평화와
언뜻 스쳐 간 것이
이승 행복 전부였음을

좀 더 일찍 왜 내게 알려주지 않았을까

살아가며 난간에서 스스로 알게 되는
영롱함 뒤에 남겨진 쓸쓸함에 대하여
왜 내게 말해주지 않았을까

늦가을, 연잎에서 문드러지는 잎맥
생은 그렇다, 쓸쓸이다

# 양산 여자

손전화기 속에 사는 여자가 있다. 버튼 하나만 누르면 쏜살같이 커피 배달해 오는 여자. 좀 식었군! 바쁜가 보지? 물을라치면 입으로 뎁혀 드릴까요? 농담하는 여자

깔깔깔 웃음이 예쁘기도 하지만 사실은 엉덩이가 예쁜 여자. 통도사가 가까워 죄의 그늘 제법 많이 지운 여자. 어릴 때 미친 여자를 본 뒤 옆머리에 들꽃 하나 기억 속에 꽂고 사는 여자. 내가 쓴 몇 편 시 읽고 울었다는 여자

한 번 인연은 놓지 않을 것 같은 여자. 운전이 무서워 안 배운 여자. 끝까지 양산다방을 지키고 싶다는 여자. 한 며칠 그녀 잠적에 따라붙고 싶은 여자. 나랑 같이 살림 차리면 키우던 애완견도 자생 춘란도 굶겨죽일 것 같은 여자. 그러나 혼자 느낀 거지만 허술한 내 아랫도리 정력 들키고 싶지 않은 여자

슬림형인 여자. 내 몸 위에서 미끄럼 타서 위아래가 분주할 것 같은 여자. 그 여자는 어제의 여자. 오늘은 내 손끝을 사랑해서 까딱해도 알아서 스마트하게 변신하는 여자. 뒤로 가는 운전은 못하지만 앞으로 가긴 잘해서 요즘은 물 좋은 남자 만나기에 바쁜 여자. 쨍쨍한 햇살에도 더 이상 그을릴 흰 살이 없어 양산을 버린 여자

# 거품꽃에 찔리다

한때 지도교수였다는 그 사실로 임종한 화가 이완호李莞鎬 그가 오늘 내 늦잠의 꿈을 뒤흔들었다. 꿈에, 베란다로 나를 불러낸 그는 꽃 피우고 난 뒤 급히 말라가는 식물을 유심히 보라 한다. 아파트 관리 사무소에서 베란다에서는 세탁기 돌리지 말라고, 배수관이 바로 하수구로 흘러들어 환경오염에 문제가 되므로 정화조로 물 흘러드는 세탁실에서 돌려주세요! 라고 방송되고 위층 어느 집에선가 내보내는 세제 거품이 배관 타고 지독한 냄새로 저층인 나의 집 베란다에 뿌글거려, 시방 내 집의 꽃들 위태롭게 흔들고 있다

위층 세탁기 돌아가는 동안 얼마나 고통스러웠을까? 꽃들은 아직 젊은 나이에 임파선암으로 마저 그리지 못한 세상 남겨두고 떠난 화가, 그가 화폭에 그리다 만 꽃들도 어쩌면 고통 빛깔이었던 것. 불려나간 봄날 베란다에서 저 혼자 군자인 척했던 나는 그가 휘두르는 꽃잎칼에 수수방관주의 무릎을 찔렸다

조금 허술한 내 화면의 구도에 엄하게 꾸짖어 주던 완벽주의자. 이완호 교수 그는, 늘 미세하게 떨리던 입술로 사는 일 또한 오차 허용하지 않던 판화인 듯, 멀쩡한 몸으로 대충 하루를 사는 나를 꿈에 나타나서도 꾸짖고 있는 걸까? 꿈이니까, 단순히 넘기고 싶지만 그는, 구천도 건너오는 엄한 지도교수가 분명하다

사소한 꿈 되짚는, 아침 꽃들은 칼날 되었다가 다시 붓이 되어 획획 나태한 내 문장을 동강 내기 시작했다

# 훔쳐보기

늦도록 혼자 화실에 머물다가 드나드는 화장실
늘어진 바지 지퍼 내리고 고개 들면
창문 너머 건너편 건물 창문 속엔
몇 명 반라 여자들이 모여 있다
어깨 드러낸 얇은 옷들
화장 끝나면 담배 물고 둘러앉아 포커 치는
여자들이 머무는 방 저녁은
호출되면 달려 나갈 어떤 기다림에 순간을 위해
잠시 머무는, 묘한 분위기가 연출된다
전화가 걸려오면 주섬주섬 옷 챙겨 입고
달려 나가는 저곳은 일명 보도방
내가 훔쳐보다가 알게 된 것은
치마 속 뽀얀 살갗도 아닌 모반을 앞둔 초조 같은 것
화장하고 카드를 만지지만
저승쯤으로 불려갈 순간까지
오늘의 나도 저런 기다림과 다르지 않다는 생각
누군가 내 이런 생각 또한 몰래 훔쳐보기도 할 거 같아서
기대만큼 지금은 나를 닦음에
좀 더 열중하는 것도 나쁘지 않겠다는
문득 그런 생각에 빠져들게 되는 것이다

시원한 배뇨의 시간이 있은 뒤
어떻게? 뭘 그릴까
고민이 더 깊어졌다

# 물혹을 자르다


둥둥 떠다니는 물방개 소금쟁이가 연못의 애인인 줄 알았다. 물 빠진 갯벌 위에 뽀글뽀글 밀어 올리는 혈관의 융기에 콧속 물혹까지 내 살의 일부인 줄 알았다

질투 더 많은 애인이 빈정대도 콧속 깊은 곳 숨길 틀어막는, 물혹을 잘라낼 생각엔 이르지 못했다. 그러나 이제 잘라내야 할 때가 되었다. 살갗에서 복숭아 냄새가 난다는 애인을 만나서 베개에서 코골이로 밀려나고 보니, 어쩌다 오래된 초가의 지붕처럼 누런 누수가 뚝뚝 새어나오는 피곤한 삶의 물길 하나 이제는 뚫어내기로 결심했다

콧속 깊이 내시경 비춰보니, 종유석 매달린 동굴을 보는 듯 얼굴 안쪽 여기저기 빈 공간 이리도 많다니, 상악동, 전두동, 사곡동, 접협동 매달려 자라는 혹의 살점 찢어 바람이 통하고 고인 물이 흐르는 그런 세상을 꿈꾼다는 것은, 어쩌면 복숭아 냄새보다 더 진한 연꽃 애인 품속에 풍덩 빠지는 일

다 늙은 나이에 그냥 살지 뭔 수술이냐고 복숭아 애인 곤궁함을 걱정해도 내 코는 염증 도려내는 칼날 지난 뒤 물 빠져도 낮게 질척이는 어리 蓮 애인의 연못을 꿈꾼다

　　뿌글뿌글 갯벌 숨어들어 꿈틀거리는 저렇게라도 살아내려는 생물들
비린내까지도 이제는 다 냄새로 감지할 것이다. 이제 내가 연못을 둥둥
떠다닐 것이다. 오래된 관습을 허물고

## 수인囚人 · 2

외로움도 오래 가둬두면 달짝지근해지나 보다

어머니 딸려 아버지도 보내고
용천 주홍미끈망둑 보러 갔으나
망둑이 없다. 눈 어두워 못 찾나
눈 밝아져 대처로 나갔나
더 깊고 어두운 동굴 살펴도
없다, 들락거린 동굴만 애인이 되었다
제주 동굴 망둑을 시로 그려낸 후
내게 생긴 애인은 몸 안쪽은
미끈한 좌우로 구부리는 진화
이 나이에 연애는 유치한 일이지
뻐끔뻐끔 떠벌린 지가 얼마인데
그런 내가 누구를 사랑할 수 있을 듯
다시 설레기 시작했다는 것이
놀랍다, 보양식 먹어도 끄덕 않던 슬픔
생식기가 고독에 달콤해졌다는 것

이번엔 제대로 된 분홍감옥에 꼼짝없이
내가 갇힌 것이다

# 혀, 그것

　말랑말랑한 힘은 언제나 뜨겁다는 것. 독성을 점점 차 들이밀어 본다
는 것. 그대 잠든 방 문풍지 소리 없이 녹일 수 있다는 것. 바늘귀 통과할
실 끝에 침 바르는 그런 실용을 나는 당신으로부터 배웠다는 것

　노을 지면 맨드라미처럼 그만 고개 숙이라는 것. 가을산 단풍을 운무
가 지운다는 것. 밀려들기를 기다리는 동안은 늘 즐겁다는 것. 함부로 내
뱉는 말 아니어야 한다는, 그것

# 문득

주삿바늘 자국 수북수북 생겨난 어머니의 몸은, 가시 둘러쓴 대추나무였다. 좁쌀죽 끝내 삼키지 못하고 저승 가신 어머니는 우두커니 2층 아파트 베란다 밖에 서 계신다. 그렇게 좁쌀죽 퍼 담고 늦봄을 건너더니, 어느 새 잎 지운 꼭대기 나무는 대추 몇 개 햇살에 쭈글쭈글 말린다

해가 일찍 지는 겨울이면, 남은 내 그리움도 다 말라가고야 말겠지

# 낚시꾼 변명

  방생 다녀온 그녀가 타이르는 말에, "붕어 솎아주지 않으면 다 죽는다." 핑계를 대고 나서 나의 낚시채비는 대물용 외바늘로 바뀌었다. 시든 수초 헤집어 놓고 새우처럼 움츠리고 앉으면 밤은 여문 연밥처럼 달그락거렸다. 그때 내가 기다린 건 비늘 크기가 동전만 한 월척 붕어였다. 작은 붕어 입엔 들어가지 않을 커다란 미끼를 꿰어놓고 눈멀고 입 삐뚤어진 붕어는 없을 걸 알면서 그리움이라는 망태는 꼭 걸어둔다. 잡을 생각보다는, 추위 속에 견딘 밤 동안 인고가 어여쁘게 퍼덕이길 기다린다. 그렇게 한 마리 붕어 잡지 못해도 푸석 삭은 연蓮의 잎맥 흔드는 바람의 연주는 아무나 들을 수 없는 이승 마지막 음악이지. 잡은 물고기 물 차는 소리가 아니어도 물안개 속 야광찌 응시하던 눈빛이 밤새 일어난 모든 반응들을 기억할 때 아침이 되면 나 아직 살아있음이 저절로 확인된다. 한낮 잠자리가 떠나며 남긴 여운, 그런 낚이지 않는 즐거움에 나는 기댄 것이고, 대물은 결국 달 비친 연못엔 없었다

  살생 만류로 끊임없이 나를 유혹하는 아득하게 멀거나 깊은 그녀 자궁. 연민으로 사슴 알 품던 제비가 날아올라도 절망은 차茶 끓이러 갔거나 물고기는 모두 자러 갔다

## 오리 근황

둥지로 돌아갈 그리움도 없다면 오리를 키워야겠지. 가끔은 술 취해 비틀거리며 오줌발로 표시하는 영역. 유년의 북진 나루는 댐 상류에 잠겨 있어 오리 풀어 놓을 수 없지만, 방금 물속에서 걸어 나온 오리인 듯, 난 나비넥타이 목에 두르는 거지

찰랑이는 슬픔이면 어디든 기우뚱거리지. 꽥꽥거려도 보는 거지. 발이 물을 차고 있는 줄 알았는데 몸 부력만으로도 둥둥거린 사랑은 늘 기다려야 한다는 삶의 법칙을 알게 하지. 내가 유혹 손짓 보내도 사철 내내 강물에서 나오지 않는 오리들, 눈 내리고 깃털이 녹는 봄까지 물살에 간지러운 몸짓 보이지만 돌아갈 수 없는 나는, 도시 유원지 오리로 사는 거지

빠르게 지나는 카누들을 만나면 어쩔 줄 모르고 멈춰 서기에 바쁘지. 유원지 쇠락한들 떠나지 못하지. 무서운 속도에 날아오르는 전투기들과 줄지어 불 밝히는 모텔들 틈 느긋함의 상술을 가진 주인을 닮아가지. 묶인 밧줄 풀고 노 저어 강 중심에 이르면 늘 요금 계산하는 건 호루라기 소리였지

조금은 느린, 어쩌면 속도감이 없는 내 사랑의 배를 당신은 좋아하진 않겠지. 그러나 올라타고 보면 느림에서 오는 오르가즘이 더 뜨겁다는 것을 알게 되지. 나이와 연식이 비례한다고는 하지만 욕구조차 오염되어

지면 유원지 생명은 다한 것이지

  아직 오리들 군집으로 보아 한때 번창했던 곳임을 알 수 있는 선착장에서, 느리지만 발 구르는 만치 달려 나가는 유영의 법칙 만난 당신은, 저승으로 가는 길 중천에서의 체류도 조금은 느긋하지 않겠어?

## 회귀回歸하다

갈대나 할미꽃이나 박주가리나
너나 나나 겨울 우포에서는
무엇 하나 다를 게 없다
관도 없이 죽어 공기 입자 속에 흩날린들
천 년 마르지 않는 늪을 바라볼 수 있으니
서러울 이유도 없다
그럴 때가 됐다고, 그래서 털들 퍼석해지는 거라고
풀에게 다가서는 바람의 축문祝文
많이도 허우적대며 살았더라도
말라간다는 것은 몸 가벼이 하는 일
서걱거리면서 홀씨 날리고 나서
풀들은 모두 발목 물관부를 꺾었다
그러고 보면 밤새 쓰는 시도 일종의
풀의 장례절차와 흡사하다
흐느낌 만들었던 기억으로
스스로 수문 잠그는 일인 거지
바람에게는 밀집대형, 우리라는 관계도
알고 보면 허상이지, 늪 상류
늙은 벌레 까놓은 알들에게
돋보기도 외투도 다 내어주어야 하지

눈길 위에 남긴 발자국에서
여전히 후생의 배밀이인 듯
봄 새싹들은 땅을 밀고 올라올 테지
늘 마음은 처음처럼 푸르러지려 했으나
돌아오는 길은 캄캄했다

# 서정시抒情詩 공원

서정抒情은 강 언덕에 우뚝 선 집이다. 물안개가 수시로 지우기도 한다. 연기因緣生起 피워 올리는 그런 집이다. 여러 유형의 시들 중에 서정시抒情詩는 창문 열고 눈 감고도 밖을 살필 수 있는 집이다

불도저처럼 들어앉아 경전을 읽으나 난해여서 문장 끝내 만지지 못하는 말장난 지식은 박물관에 보내야 한다. 없는 상처 찢고, 꿰매고 붕대 감는 치료를 마감했다는 주장은 정신병의 일종이다. 결핍의 몫만큼 그냥 책을 목침 삼아 소파에서 낮잠 자고 일어나면 눈앞 구름은 나그네여야 한다

그 집 흔적 위에 잔디가 덮이고, 가지 잘린 은행나무들 듬성듬성 들어설 때 사람들 집보다 공원 거닐기를 좋아하면, 집은 미련 없이 버리길 잘했다고 생각할 줄도 알아야 한다

공원에는 시詩맞이라는 팻말을 걸어도 좋다

살을 빼려는 운동복 사람들이 수시로 오르내리며 시야를 어른거려도 개똥만 남기지 않으면 된다. 지나친 애정행각 때문에 가로등 몇 개 더 세우자는 여론에 밝은 곳이 있으면 어두운 곳도 있어야 한다고 반대표를 던져도 좋다

70

공원은 그렇게 만들어지는 것, 불도저 힘이 밀어버린 그곳에 아름다웠던 옛집 흔적은 누구도 기억하지 못하더라도 꿈이 서성이는 언덕은, 떠오르는 해를 바라볼 서정으로 남는다

은행나무 노란 잎들로 빈터 흔적이거나, 성긴 상처 각질들 서럽도록 싸매면 된다

## 반딧불에 홀리다

낚싯대 펴놓고 반딧불이 몸짓 떠올려
흔한 천렵 한 번 못 나가 보신 어머니
서러운 어깻짓이라고
쓸 시詩 한 구절 떠올리는데
어디서 나타난 거야, 진짜 반딧불이다

휘적휘적 날리는 비닐봉지 같아서
홑겹 흰옷 걸친 여자인 듯해서
슬금슬금 따라가 보니, 반딧불의 자리
바람도 없는 날 떠난 한 남자의 무덤 위다

거름더미 위에서 삼밭 위로 날아오르던 반딧불이
썩는 눈썹에서 펑펑 쏟아져 나오던
투전판 끗발 잃고 돌아오던 아버지 걸음걸이
그 반딧불을 두고
철없던 시절 엉큼한 누이 치마 속처럼 캄캄하던
내 추억의 횃불길이 환하게 날아올랐다

엊그제 내게 사랑 고백한 그녀
바람도 없는 날 나 죽는다면 무덤에

소복 입고 찾아와 줄까? 그것도 궁금했다

반딧불 날아든 낚시터 무덤
인근에서 꺾은 개망초 흔들어
어머니에게 못 추어 보인 곱사춤 추어보는데
밤낚시 함께 출조한 조우회 회원들
나 귀신에게 홀린 줄 알았다고
한밤중에 야단법석이다

# 적덕리 살구나무

밤이면 기침으로 긁어대던 삼촌의 유리창
눈 검게 깊어가는 그 집
살구꽃 가장 먼저 꽃 피었다

서로 입 맞추기에 알맞은 키로 기다려주던
삼촌 여자도 훌쩍 살구꽃 만개한 밤에
보따리를 쌌다

어른어른 햇살 그림자 물고
개 한 마리 이리저리 흔들다 제풀에 지쳐
약 먹은 거품 놓아버리는 자리에
기억 속 깡마른 타성바지 얼굴은
끝끝내 익은 살구 보여주지 못했다

버스 놓칠 수 있다는 것은 나 일찍이 배웠고
통학시간 늦지 않으려 논두렁길 달리다
한꺼번에 쏟아지는 꽃 군락群落에
여러 번 미끄러져 넘어지기도 했다

기다림은 언제나 희망을 돌려주지 않았다

떠난 지 40년 지나 다시 찾은 적덕리
터 지키는 사람들 표정은 발 동동 구르는 살구꽃
내 얼굴 풋살구 옛 얼굴 그대로라고
신기한 표정이다

나 어디서 살더라도 살구꽃 떠올렸으니
그럴 만도 하겠다는 것은 혼잣말
눈 깊어지다 그날 픽 넘어진 삼촌은
대 잇지 못해 아직도 분홍 향불이다

고독했을 한 사람 눈빛을 닮은
그리움은 적덕리 거기서 여물고 있다

# 우연이 필연으로

　큰물 휩쓸고 내려간 뒤 강 중심에서 밀려난 흙더미에 몽고반점 노랗다. 무슨 열매일까 잎 뒤적여보니, 매단 열매 솜털 뽀얀 개똥참외였던 것. 곧 무서리 내릴 텐데 개똥참외 열매는 맺어서 어쩌겠다는 것이냐. 뒤늦게 밀어 올린 참외 싹이 척박한 살림에 자식 하나 더 얹어 주었다. 굴곡의 강이 만들어 준 희망 하나가 그날 이후 넝쿨로 출렁이기 시작했다

　세상 낮은 곳을 휘도는 물길 곁에서 다부지게 살아내는 생이길, 우연이 아닌 필연의 생이길, 가을날 강물이 낮은 목청으로 들려준다 한들 제힘으로 무서리는 어쩔 수 없다는 걸 난 알지. 개똥참외 널 잔뿌리 다치지 않게 삽으로 떠 와서 집안 베란다에 옮겨 심는다

　한때 나 꿈꾸던 수렵도 속의 사내, 다시 너로 인해 당차다

# 부석사 난감

1.

단풍, 지금 저리 붉다 해도
결국엔 눈처럼 희어지다가
가루로 날릴 몸 아니겠어?

부석사 오르는 길 단풍을 두고
너는 노랗다가 붉어지는 중이라 했고
난 노랗게 몸 바꾸는 거라고 했다

당신과 벌이던 언쟁 때문에
공중에 뜨는 초록바위는 보지 못하고
애꿎게 단풍나무만 들었다 놓았으니

하필이면 단풍 들 때
부석사엔 가지 말았어야 했다

2.

비늘 냄새로 지은 승복 한 벌
무량하게 펄럭펄럭 진동하는 부석사

이곳에 왔으면 먼저 부석을 봐야지

토실한 사과향 엉덩이로
앞서 걷는 당신
이제 그만 씰룩거렸으면 좋겠다고
불평불만 하염없이 털어놓았으니

용비늘 일렁이는 선묘善妙인들
바윗돌 허공에 띄워 줄까


 3.
한때 끓이지 않아도 뜨겁던 내 생은
이제 일주문 밖 난전의 어묵 솥
건더기 다 건져 먹고 남은 바닥이다

국물만 흥건한 가을에 이르러
사랑한다는 말 쑥스러 차마 못 한 선묘 당신에게
한 컷 사진 찍자고 졸라 본들
무슨 소용이 있을까

어깨 맞댈수록 뜨거운 무량수전
앞뜰 가로질러 석탑에 닿은 용꼬리가

이 땅 넘보는 적들 이마를 쳤다는 것은 사실인 듯
가벼워 불안하기 그지없는 나 또한
부석사 앞뜰에 내동댕이칠 게 뻔하다

정신의 뼈다귀, 늙은 사과나무가지에나
다리 들고 오줌 누다 깨갱깨갱 달아날
수캐의 수작 걸어볼까

# 1989 애견센터

1.

나는 매일 저녁 무렵 이곳을 지나며 처음에는 입안말로 개새끼. 점점 익숙한 길의 편력 앞에 나중에는 목청 돋우고 개새끼. 등산용 튼튼한 줄에 묶인 놈. 털 수북해서 자극적인 놈. 원산지 표시가 목걸이에서 출렁이는 놈. 혈통과 가문이 중시되는 놈. 나는 매일 이곳을 짖으며 지난다. 어쩌면 잊힌 고향이라고 생각날까? 나는 이곳을 스쳐 지나가는 원인, 뒤따르는 결과는 개의 순수성 속은, 야멸찬 야생의 눈빛이 그리운 듯, 도시에서 이빨 없이도 으르렁댄다. 이빨 없어 더욱 켕기는 현실을 낳고 내가 알고 있던 저녁 무렵은 낭만적으로 치부되고 질겁하고 달아나는 햇살들은 햇살의 우두머리격인 자만 남는다. 달 속 별 속으로 가만가만 박힐 뿐, 길 트며 앞서 달린 햇살은 어둠 속으로 자꾸 넘어지고 나는 매일 저녁 무렵 이곳을 지나며 보았다. 살점 뜯기지 않아도 서러운, 갇힌 철망에서 안식을 찾는, 온유에 길들어가는 슬픈 나를

2.

어 머 니 개 처 럼 살 고 싶 어 요 라고 내가 시로 쓴다면 누가 뭐래! 혹여 개처럼 산다한들 누가 뭐래! 혼탁한 세상이야 나를 개라 부를 테지만 (왜냐하면 위상의 정립을 위해) 정말 으르렁거리는 개처럼 살고 싶었다. 그러나 묶인 채 길들여지는 말고, 아부근성에도 동조하지 말고, 아침나절 킁킁대는 코를 끌고 눈 내린 산야를 컹컹 달리며, 산짐승들 쫓아 물어

뜯듯이 나는 도시에서 개처럼 살고 싶었다. 애견센터 반듯한 간판 곁을 지날 때, 유리창에 얼비치는 숭고한 표정들 만날 때, 그러나 광견병에 걸려서는 말고 성욕도 일어나지 않는, 순박하진 않게 이곳이란 주인 몽둥이에 율법이 감기고 순해지는 법을 밥그릇으로 가르치는 이곳은 그런 곳이므로 말 잘 들어야 팔려가기도 하지. 제값 받으려면 이곳은 말고, 잠시도 말고, 그러나 저곳은 더욱더 말고

# 박꽃 그늘에 숨어

1.
떨림 뒤에 뭉개짐이 있었고
뭉클 피는 것을 다 꽃이더라

시렁에 얹어둔 반쪽 둥근 것들
뒤주 속 한 끼 양식 덜어내는 데나 쓰이더니
피륙 다 말라간들 어떠냐며
나뒹굴어도 서럽지 않은 듯
흔들리던 그늘을 기억하더라

말라 바수어지는 꽃잎의 말
제대로 받아 적을 걸 그랬다고
나 푸념하는 동안

너의 몸은 달그락 달그락
다 뜨거운 시詩가 되더라

2.
숨고 싶던 그대 박꽃 그늘

흰 옷고름 느슨하게 풀어질 때
한 살림 차리자고 그녀는
담장 아래 꽃잎 아라베스크풍
요를 깔더라

별의 배꼽 올려다보며
질펀한 사랑 하자더라

굴뚝연기가 수제비라도 끓이면
지워지는 구름자락 끌어 덮고
가난한 이웃들 불러
속살 맛 박나물 소박하게 저녁 밥상에
버무려 내자더라


  3.
여름내 감춰온 연한 속살로
성급할 리 없는
사랑을 하자더라

젖가슴 푸른 힘줄인 그녀
흰 살덩이 덩그런 갓난아이 안아 볼 수 있는
봉긋한 사랑을 하자더라

번성한 넝쿨이 돌담을 눌러
서리 내리기 직전 배꼽 마디마디는
마냥 꽃이던 시절을
그녀 스스로
아물릴 줄도 알더라

# 산삼山蔘은 어디로 갔을까

초등학교 졸업하고 심마니 된 친구가, 시도 뭣도 모르는 그 친구가 시 쓰다 절명한 사람 많다며 한 뿌리 천종산삼을 보내 왔다. 그냥 골고루 씹어 먹고 힘쓸 궁리나 하면 될 것을 모양 이리저리 살피다가 산동네 비탈길 이웃들 수레꾼 김氏 생각도 좀 하다가 진한 향, 음지에서 자라난 그놈 연한 잎 다섯 손 벌리고 말았다. 사람의 몸 닮은 뿌리이니, 송두리째 씹어 삼키는 것도 너의 고통 단번에 끊어주는 일 부처와 바슐라를 먹은 듯, 황동규와 오세영이라도 먹은 듯, 간 큰 여자와 만나도 당당할 오늘 한바탕 시와 흘레붙고 싶었다. 산삼이 몸에 좋다는 만큼 시 또한 누구에게 몸에 좋아야 할 텐데 쓴맛을 오래 씹어야 한다는 은근히 쌉쌀한 그런 놈이 씁쓸한 혀끝을 되씹고 있다. 사실은 나 그 산삼 먹지 않았던 것이지. 혹여 이 고백 그 친구가 읽으면 나무랄 테지만 빌빌거려 애처롭던 수족냉증 여자에게 불쑥 장뇌삼이니, 먹으라고 주었다. 천종산삼 먹은 그 여자 기운 차리면 어찌 체온 좀 나눠볼 요량으로

# 새벽 염전

알약

손잡아 건져 올리기엔
너무 늦었지만
당신은 내게 빠졌네
나의 바닥은 말라 있었고
바람이 지나간 자리여서
건기로 쩍쩍 갈라져 있었네
밤새 나를 기다리다
퉁퉁마디가 된 그녀가
빙빙 도는 달에게서
한 동이 물을 얻어왔네
밀물 들 때까지
아무래도 내 발목
당신에게 잡힐 것 같네

# 금호강 봄날

1.

무성한 갈대였다가 빠른 유속 붙들어 세웠다

흘러와서 어디로 흘러간다는 사실에 서로가 결박 지우지 말라고 했더니, 곁의 그대는 어찌 알아들었는지. 수로를 수술해야겠다고, 얼굴만 예쁘다고 다 예쁜 게 아니라고, 낙동강과 합수合水 포부 당차게 밝힌다. 맞네, 맞아 맞장구치는데 무진장 날아드는 청둥오리 떼 저러다 흘러야 할 강이 막히지 않을까? 토속 어종魚種인 내 눈 코앞 물빛 다시 캄캄해 보였다. 서로 티격태격 다투기엔 좀 금호강이 좋지. 뜨고 지는 해의 속도가 참 빠르다는 것을 아는 갈대들 쉬! 마른 침묵 속에서 출렁임 잠시 닐 물결이 불 한 채 지을 초록 바늘 한 쌈 꺼내 들었다

2.

금호강 봄날 아침 청둥오리 떼들 마치 인력시장 순서 기다리는 인부들 모습이다

다행히 혼자가 아니어서 따스하다. 서로의 눈 응시하며 밤샌 탓에 저 오리들 안 추울 거라고 사실은 춥기도 했으리라고 조곤조곤 다독여주고 싶었지만, 평소 그대 생각 밖에서 모가 난 채 떠돌다 돌아와 잠시 머무는 내가 할 말은 아닌 거 같아 눈썹에 겨운 졸음 번쩍 들어 올린다

관망 시 쓰는 일 더 부끄러워지면 깃털 속 지방질 많이 감춘 나 저들 추위 제대로 알까

더 많이 웅크린 새터민 오리들에게 "감자탕이나 먹으러 가드래요!" 슬그머니 말머리를 돌린다

3.

부리가 갈증이라서 몸도 갈증인 청둥오리 거꾸로 박힌 채 물속 휘젓다가 해를 만나 케미라이트빛 결박을 슬슬 푼다. 밤새 건져 올린 것이 해였다. 바지 내리고 뜨거운 오줌 누는 동안 무태강변 버드나무는 일렁이는 윤슬. 더는 귓구멍에나 숨고 싶지 않은 가난해서 사랑도 버렸던 남자의 소망 위 잔가지가 짠 그늘의 그물은 인광의 물살에 희석된다

그제야 배꼽 가려운 버들강아지 껍질들 열병 앓던 촛농처럼 뛰어내려 달, 그대 태반의 냄새는 강에게 축복인 듯 떠내려갔다. 문명 가로지른 햇살의 언약이, 으앙으앙 아기 울음으로 천년 뒤 첫눈인 듯 돌아오기 위해 떠난다 하니,

금호강 봄물 그래그래 수긍의 몸짓이다

# 제비집, 어지러운 생각들

빚던 막사발 던져 처마 안쪽 간당 걸린 제비집. 어린 주둥이들 연신 입 벌리는 동안 노란 수선화 한창인 못 둑 위를 휘익 먹이 물고 날아가는, 어미 제비는 무슨 생각을 할까

입안 벌레 삼키고 다시 한 마리 잡으면 될 것도 같은데
눈앞에 어른거리는 노란 주둥이들 생각에
제비는 빠르게 날아서 집으로 가고 있다

춘천문화예술회관 언덕 아래 지붕 낮은 집 〈평양막국수집〉 그 집의 주인은 아마도 후덕한 사람. 해마다 날아드는 제비를 봐도 알 수 있는데, 군자의 도리 몸으로 실천하는 주인은 동네 아이들에게 명심보감 가르친다고 막국숫집 경영은 여자들에게 맡겨두었다는 것. 안 물어 봐도 군자임을 알 수 있다고 나 무심코 말했는데, 며느리 나보고 점쟁이냐, 한다

배불리 막국수 먹고 나서며 사진 한 컷 찍자 하니, 기다렸다는 듯 어미 제비는 뻗친 손 틈새로 잽싸게 몸을 날려, 먹이를 새끼 입에 넣어주는 진풍경을 연출한다

똥 받치기 위해 펼쳐둔 마루 위 신문지는
노조파업 심란한 기사 위에

재벌의 상속재산, 무서운 권력 위에
벌레 삼키고 만들어낸 흑백 물감
한 폭 배설물 추상화가 그려졌다

어린 자식 두고 바람나 가출한 그녀
이곳에 와도 그런대로 괜찮겠다는 생각이
난데없이
이런 썩을 놈을 봤냐! 며, 뒤통수를 친다

# 4
## 연애

## 시인의 말

　연애도 좋다. 시도 좋다. 알고 보면 시도 연애다. 별 볼 일 없고 차별성도 없는 게 우리네 삶이고 보면 누가 나를 알기 전에, 내가 그대를 먼저 알아가는 그 설렘이 나는 좋다. 그리하여 그대를 사랑하게 되고, 언젠가는 떠나보내게 된다. 그때 나는 한 번 더 좋다. 떠남이 좋다. 얼떨결에 저지른 일이라고 변명을 하든, 아니면 열렬히 사랑했노라고 진지하게 말하거나 표정 짓는 순간 그 대상인 시는 얼마나 떨리겠는가. 그 떨림이 남기는 여운이 좋다. 도입부가 좋다. 그리고 마지막 행이 좋다. 모든 번잡함과 열망과 결핍과 애증을 다 내려놓고 말없이 돌아서는 나를 발견하는 일이 곧 내가 시를 쓰는 일이다. 제대로 삶을 사는 일 아니겠는가?

2003년 8월
水上家屋에서

# 차례

연애

별밥


뜸 잘 들인 하늘
촘촘촘 밥알
지상에 머무는 동안에는
가장 맛있을 밥

배부르지는 않아도
어느 밥보다 맛있는 밥

그대 손잡고
눈 맑아져서야 먹는
마음까지 먹는

그 밥

1

# 바위 앞에서

연애

얼마나 오래 말을 참았는지
마른버짐 입에 거미줄까지 두른 바위 앞에서
탕진蕩盡을 맛본 사람이 멈출 때와 굴러갈 때를
꿇어앉아 다시 묻는다

바람을 읽어내던 떡갈나무 장모丈母는
주문을 외더니 날이 뭉개진 녹슨 칼로
머리카락 몇 개를 잘라낸다

서럽게 죽은 조상의 혼령魂靈이라도 더 찾아내려는지
추락하는 칼의 굿은 새벽에도 끝나지 않았다

아비의 바위에서 떼어져 굴러와
홀로 박힌 바위의 외로움에 불나방처럼 쫓아다녔거나
여기저기 다리 들고 눈물 찔끔거리던
수캐의 거시기 대가리도 문지른다

도토리 고수도 물소리 법사法師도
가랑잎 무녀巫女도 다 지쳐가고 있음으로
옥탑방에 올라가 두문불출
시답잖은 일기 몇 줄로 혼탁세상 꿈꾼 죄도
이쯤에서는 바위에게 빈다

# 연애

1.

뱅글뱅글 도네, 모가지 비틀린 풍뎅이
본시 너의 자리는
졸참나무 살갗 터져 진물 흐르던
시큼한 자리였는데

오늘은 등가죽 벗겨지도록 태엽 감긴 팽이네

달아날 수도 없어 버둥거리다
역겨운 노란 액체를 마지막인 듯
손 위에 쏟아 내겠지

쉼 없이 흔드는 날개에도 몸은 떠오르지 않았지

펼쳐진 나무의 나이테 위에서 평생 할 날갯짓을
손금 위에 한꺼번에 다 할 듯
연민은 너의 냄새로부터 시작되지

풍뎅이를 뱅글뱅글 돌리는 건
고통을 후려치는 햇살채찍이네

2.
북진강변 등이 뜨거워진 돌은
맨들맨들 모서리 닳도록 어디서 굴러온 것인지
나를 맨발로 건너뛰게 했지

손에 쥐어진 제법 납작한 돌은 물수제비로 뜨고 싶다 했고

둥글게 튀며 작아지는 물무늬
결국에는 가라앉고 말 몸짓이 강의 심장을 두드리겠다니!

고요하리라 믿었던 바닥 이끼에 날아들어
낯선 온기의 얼굴을 문지르겠지
머지않아 피라미 떼들 갸웃갸웃 시린 주둥이를 문지르겠지

그냥 놔두어도 흘러갈 강이 안으로 아프기 시작한다는 사실을
돌은 금시 알아버리기도 하겠지

물수제비 몇 개 내가 띄운 건지
눈 감고도 짐작으로 아는 곁의 여자는
그래서 흐르는 강물에
번갈아 꺾은, 웃음 다른 들꽃을
하염없이 던져주는 거였지

3.
오래도록 밀잠자리 날아서
아픈 어깻죽지 걱정에
마른 나뭇가지인 양 엄지와 검지를 세운다

꼼짝없이 세워둔 기다림이
꼬리 달아오른 너를 살며시 받아낸다
나는 재빨리 엄지를 접어 너의 다리를 움켜쥔다

그건 꼬리를 자르기 직전의 동작
이빨로 물어뜯듯이 그 아랫도리 통증에 잽싸게 끼워주는 들꽃

花無十日紅 花無十日紅
아둔한 몸짓 날아가는 창공에서
소실점을 끌고 훨훨 떠나는 너는 나의 밀잠자리여

나는 너를 놓아 보내는데 너는 오히려 나를 지웠다고
우겨대는 입술로 가을하늘은
새파랗다

# 바보마을

1.

내리는 비에게 전신거울을 깔아주었다
바닥에 닿으려다 혼겁한 듯 튀어 오르기에 바쁜 빗방울들


저만치 혼자서 절룩거리던 사람이
마구 달리기 시작했다


엄마가 부르지도 않는데
집에 가야겠다고 엄살이다


나는 우산을 사러 가다가 모자가 날아갔다


머리 위에서 아직 피지 않은 목련이 바글바글 속을 끓이는지
새 우산을 쓰고 돌아오는 길에서
나의 머리카락은 뿌리가 가렵다


오래된 나무의 썩은 구멍에서 애벌레 한 마리 꿈틀꿈틀
라마승처럼 기어 나오고

2.

떠 있는 별들이 제각기 다른 빛을 내는 걸 보았다는
어여쁘게 가물한 우주의 여자 이소연에게
비례대표란 멍에를 씌운 누군가를 생각하다
어지러워진 나는, 잎이 전해준 햇살이 키운 구근


그 구근을 즙으로 짜낸 하수오 샴푸로 머리를 감았다


지글지글 지구의 중심을 파고들던 뿌리가
괭이 날에 걸려 끌어올려지며
처음 잎이 햇살을 만난 그때를 생의 절정의 순간이라 믿으며
남도의 뱃고동 소리로 귀를 씻었다


방울방울 거품 일어나는 소리
거품이 거품을 잡아먹는 소리
밤새 긁어놓은 머릿속 살비듬은 잘도 하수구 구멍을 찾아든다


그렇다, 우주를 배회하다 돌아온 영웅은
그냥 놔둬야 하듯, 하수구 근처에 피던 하수오꽃은
둥둥 뜨는 거품에게 항복한 별일까

하구에 이르러 부레 터진 물고기들
물 밖에 나와 주둥이 뻐금거리면 어쩌나!

4월 첫날부터 입동까지는
발원지를 떠나 별빛에 머리 헹구며 흘러온
불길 닿지 않아 더 시원한 수돗물에
남도 하수오 샴푸로 어지러운 머리 감는 게 행복이다

# 바람의 악기樂器

銀사시가 아닌 그냥 사시나무를 어스름한 가을 저녁 물가에서 만났을 때 두려움 혹은 공포라고 쓸까 그렇게 쓰면 너무 밋밋할 거 같아 백양나무라 부르고 보니 부르주아 같아 나는, 널 유목의 처마 아래 세워둔 마두금馬頭琴이라 부른다

더 이상 망가질 것 없는 생이고 보니 바지 내리고 오줌 한줄기 칼날 지나간 듯 흉터의 나무 몸통에 보탠다 덩달아 흔들리는 저수지 물살 밀려와 산그늘 살얼음에 베일 무렵 사시나무는 쉰 목청으로 성대를 끊임없이 떠는 거였다

돈 벌겠다고 외국 나가 노래하다 알코올 마약 섹스에 중독되어 대책 없이 늙어버렸다 팔짱을 끼어오는 늙은 여가수 잘나간 적 있었던 한때를 이야기하는데 아무렴 어때요? 그녀는 자꾸 나랑 살림을 차리자 살랑거리는데 데리고 돌아갈 집 없는 직박구리인 나 왜 이리 떨리는 건지!

달빛산책로라 이름 붙여놓은 연못둘레 어둑해지면 사람들이 몰려와 빙빙 돌 때 둑에서 좌로 돌아 칠 할의 지점 단산지에서 가장 키 큰 나무 요란히 떠는 잎, 그 나무가 사시나무? 돈 없으면 인생 개 같다는 것 증명이라도 하려나 이게 뭐야 망가질 대로 망가진 나 다정한 산책 끝나면 허기질 저 여자에게 따뜻한 순두부 한 그릇 먹여야 할 텐데 호주머니 썰렁

한 쉰 살이라니!

　잎들이 질러대는 반주가 길고 높아지기 시작했다 하늘은 높고 날개 무
거운 새들 앉아서 얼마나 많은 귀를 자른 건지 반성 후 나무는 뼈 조금씩
드러내는 거였다 그래 추울수록 하늘을 문질러라 그러다 보면 초록의 피
주르르 초원까지 흐를 날 오겠지

연애

# 에스프레소


그을음이 좋다, 그것도 첫 불길 확! 당겨질 때
가마솥 바닥에 달라붙는 그을음

만촌동 근래에 내가 들른 커피집
『하늘연꽃-무명손수와 커피의 만남』
그 집에 가면 흰 명주에 수놓인 물달개비이거나
단순한 애기똥풀이 엄청 좋다

아니 어쩌면 그런 자수의 배경에 묻은 손때가 좋다

장롱 하나 없던 어머니 벽보가
슬픔처럼 흙벽을 가려주기라도 하는 듯
이곳에 앉았다가 간 누군가의 냄새가 좋다

이런 나를 두고 콩 볶다 솥 밑바닥 빠지는 줄 모른다고
세상 좀 살아본 이웃들은 나무라겠지만
청결주의자 당신도 나무라겠지만
가장 씁쓸한 통증, 남은 커피를 마저 핥으려
캔의 구멍에 들이밀다 베인 어설프게 비참해진 혀를 데리고
나는 오늘도 그 집에 가서 에스프레소를 마신다

아니 빨아 녹여 먹는다 해야 하나!
웃을 때 뒤로 상체를 살짝 뒤로 젖히는 주인 여자
바람 앞의 달개비꽃 같다 해야 하나

그녀가 손으로 새겨놓은 야생의 풀꽃들이
무명을 꿈꾸는 내게 얹혀져 단순해지는 찰나가 아릿하고
커피의 탄 맛이 더 친근하게 느껴지는
내 에스프레소는 어째 해석해야 하나

연기의 자극에 길들여져 봐?
표정 없이 쓰고 진한 생을 핥는 내게
순수 놓인 꽃들 아무도 찡그리지 않는 말투다

그 러 니 카 푸 치 노 인 당 신 은 거 품 의 생 에 감 사 하 시 길

# 이런 애인 구함

1.

쨍쨍한 햇살 아래 인진쑥 같아

멍청한 척 아픈 나를 맑게 하는 여자

무심코 던진 딴 여자 이야기에

입술이 먼저 씰쭉

질투인 듯 나를 착각하게 만드는 여자

몇 번의 칼자국 지나간 몸은

가문 논 물 대느라 파인 봇도랑

풀잎 그늘 달팽이 옮겨놓더니

코스모스 흔들릴까 쪼그리고 앉아

소리 없이 오줌 누며

나를 등 돌리고 망보게 하는 여자

내 흐린 기억력에 강력분 반죽처럼

흐트러지지 않은 수제비처럼

응고된 아침잠을 깨워주고

스케줄까지 챙겨줄 여자


2.

사진보다 실물이 어여쁜 여자

한 표정 멈춰 세우는 것보다

입가에 눈가에 웃음 수시로 번져서
즐거움의 간극이 짧은 여자
수시로 불꽃 튀는 진동을 가져서
네 잎 클로버를 잘 찾을 것 같은 여자
손가락이 짧아도 사랑하는 남자의
가슴 깊숙이 가라앉은 외로움을
논의 잡초 솎듯 뽑아낼 여자
산소 뿜어내는 어항 속 금붕어 같은 여자
호기심으로 손 뻗어 넣으면 잘도 달아날 여자
그러나 잡히면 온순히 입 벙긋거릴 여자
가만히 놔두면 오래 살 여자
죽을 때까지 사랑 잘할 여자
그런 그대에게 카메라를 들이댄다면
실물 너머 속속들이 감춰진 잔주름
담아내지 않아야 할 흉터까지
다 읽어버려
나 수시로 미안해할 여자

# 쉰에게

모서리 닳은 소파가 내게 왔다
내가 그에게 간 것처럼
소파는 저절로 닳아진 것은 분명 아닌 듯
으르렁대던 속엣 감정을 감춘 채
아랫배 불룩한 체중 아래 벌러덩 누워 있다

울음 다한 매미처럼 그냥 힘없이 붙어서
내가 소파에게 그랬듯 소파도 나에게 그런 자세다
응접용 탁자는 일정 거리에 둘 뿐
그 위에 기어오르거나 밀어 낼 용기도 없다

저것이 짐승의 가죽을 둘러쓴 것인지
인조로 만든 비닐 혈통인지도 나는 모른다
그걸 알았다면 이렇듯 생을 고민할 이유도 없겠지
그러나 가끔 나는 꿈꾼다

엉덩이와 다리와 등이 편안해지고 나서
종일 호미 거머쥐어 거칠어진 손으로
밭일에서 돌아온 어머니
집안에 들어서며 혼자 흘린 내 코를 닦아 주던 손끝이

갈라터진 모서리에서 만져졌다

서서히 이젠 내가 닳을 차례다
내겐 호미로 일궈낼 텃밭도 없고
단지 덜렁 남겨진 것은 붉은 소파다
한 여자 움푹해진 손등을 놓아두고
보라색 매니큐어 사 들고 와서 발라주어야겠지

묵정밭 바람 붓질로 흩어놓으면
무릎 위 손가락 끝 쑥부쟁이 꽃 피겠지
늙은 나는 발치한 잇몸 자리 그 닳아 말랑해진 곡선을
끊임없이 시의 혀로 밀어 넣어보는

쓸쓸한 일만 남았다

# 붉은 찔레꽃

내 손등의 피를
너는 맛보았으므로
내 손등도 너의 피를
맛보았으므로

오랜 시간이 지난 어느 날
돌연변이처럼
불쑥!
배암의 붉은 혓바닥처럼
나 너로 인해 아팠던 자리
찔레꽃 붉게 피리라

수북하게 던져둔
깨어진 사발의 파편 속에
어느 시인의 애인이 묻어둔 편지
어둠 속을 걸어온 내가
먼저 달려가 달의 눈빛으로 먼저 읽는다면
너의 꽃잎을 몰래
꺼내 읽는다면

혓바닥 닿는 너의 지천은
붉은 울음이겠다

# 바다제비 집

금사연이 타액으로 지었다는 바다제비 집
그걸 먹겠다고 미식가들은 환장한다지

바다제비가 살지 않는 주천강 물 깊어지는 서쪽
연초록 호랑버들 암벽에 나 상상의 제비집 짓고 말지!

그 집
산 자는 누구든
비 오는 날 국수를 먹으러
암벽 처마 아래를 기웃대지
흐르는 강물을 건너면
108번째 여자의 생식기처럼
풍덩 빠지는
그런 집

제비가 타액을 뽑아낼 때 무슨 생각 똘똘 뭉쳐 말렸는지
말하고 싶지 않은, 알려고 해서도 안 되지
상상에 맡겨야 하지

여기가 더 이상
물러설 수 없는 끝이다 싶을 때
그윽해지는 집의 맛

# 금일이 봄비

기다렸다 만나는 사람들에게 봄비!! 봄비라고 무릎 치듯 말했는데
그게 아니었구나

오늘은 속절없이 뻐꾸기 울음 버무려
미나리꽝 애꿎은 거머리들 깨우는 봄비

겨우내 닫아걷 어머니의 방
온통 장판에 벽지에 칠갑 된 똥그림
물끄러미 들여다보는 늙은 아들은
올봄 굵은 복숭나무 늙은 가지 뭉개지도록 꽃 피었다 한다

꽃피웠다고, 둥글게 따라 말하는 뻐꾸기
마른 갈대 엮어 작년에 지어놓은 빈집 앞 절룩절룩 도착한 건지

울고 나서 다시 우는 걸 보니
아직 연한 피 맛 처녀 미나리라도 씹고 싶다는 건지

아, 오늘의 이 비, 봄비 맞구나!

# 고성동 벚꽃

연애

벌어준 돈 다 쓴 게 무슨 큰 잘못이라고
구불구불 긴 머리채 여자를 질질 끌고 와
웃통 벗은 봉고 아저씨 우는 여자를 내려놓고
씩씩거리며 북쪽 포구로 떠난다

외항선 타던 외로움 다 몰고 와서
매운 풋고추 한 줌 썰어 넣고
여러 병 소주를 들이켠들
여전히 그리움 넘치는 살색 안주다

꽃핀 채 몸 오그린 복개천 벚나무는
입구 벌린 새우젓 그릇의 안쪽이다

하여 울던 젖꼭지 둘레 선홍인 여자는
한 살 더 먹어 철들기 전에는 다시 오지 않을 것,
그때까지 회색 길의 거웃 검은, 저 멍든 여자라도
껴안아줘야겠다

쉽게 그칠 울음은 아니지만
그렇다고 오래 울 울음도 아니지만

# 내전 중

엉거주춤 생리하는 수염 안쪽
입술로 거길 빨다 모호해진 삶을 걱정하는
카다피란 남자가 내 몸 안에 산다

봄날엔 벌건 입가를
절대 거울에 비춰보지 말 것
대한민국 대구엔 참가자미를 요리하는
속칭 칼 맛을 터득하는
금산조란 내 친구는 말했다

살점을 도려낼 때
머뭇거림 없이 베어낸 예리한 속도
퍼덕임을 누르는 왼손의 무게가
살결 누르지 않아야 썰려진 참가자미
제맛이라 우기는 그의 연애론

나는 물이 스미지 않은 상처의 맛을 고민한다

거울에 비친 봄날의 벌건 입가를 쓱
가자미 핏물을 쓰-윽 닦는다

카다피를 쓰으윽 지운다

# 하늘감자

연애

아리다, 대대로 푸르던 엉덩이 반쪽이
이불 다 덮지 못하고 잠든 탓에

곱씹어보지만 청춘은 얼마나 추웠던가?

밖으로 내어놓았던 뿌리의 몸
천둥이 흔든 몸을 햇살이 다시 쓰다듬어
나비 몰러 나가는 꽃인들 봄다운 봄 만난 적 있었던가?

멧돼지 허기진 콧날인 오늘은
이국 남자가 쑤셔댄 몸이 흔들리고
꽃대 꺾인 자린 진물 쓰나미인지
정신대 다녀오신 할머니들조차도
피켓 거둔 후 침통이다

어떤 피가 도道를 가르치려 해도
지붕 낮은 동네의 십자가는 예수의 피로 밤새 불을 켜더니
밤과 낮의 경계에선 푸르다

아린 침묵이 감자의 몸에도 있다

115

# 반성

음악은 세상과 극락을 이어주는
다리라 해서 진종일 음악을 들었다

가실성당 종탑에 걸쳐진 갱년기 저녁을
무릇 익어가는 향기의 울림이라 쓴
시 공부하는 女제자 호야好野에게
"그거 시 되겠나?" 고민해보라고
무심코 내뱉은 말이 잠의 뒤꿈치에 태클을 걸었다

그날 새벽 창밖은 나무가 떨군
흰 목련 꽃잎 건너뛰는 하이힐 소리
농도 진한 취기가 느껴졌다

아니면 이별의 아린 뒷맛?
발을 감싼 것은 가죽이 아니라
별 희망 없는 내일에 질질 끌리는 굽?
풀 뜯는 순한 짐승의 발정기가 탈색되어도
욕망의 음악이 될 수 있음을
노을로 헐거워진 발등은 안다

들쥐의 생식기 건드리다 멍든 제비꽃
극락과 지옥을 뒤섞으려
꽃샘바람에 심하게 흔들리면서도
무덤 절반을 덮었다

등신처럼 나 음악을 듣는 동안

## 음각陰刻

레오나르도 다 빈치가 그린
모나리자의 미소만 미소인가

시로는 여러 번 만난 적 있지만
부산 해운대 가나아트에서 강은교 시인을 만났을 때
거, 참! 미소가 미륵반가사유상보다
한 수 위였다

이런? 나와는 거리가 먼 나이인데
나 스무 살 적 벌써 이름 날린 시인 강은교
저렇게 예뻐서 어쩌란 말인가, 문득
그가 쓴 시 한 구절도 생각나지 않았다

아, 시보다 미소가 앞서다니 시가 스며들어 미소가 된 건가?
밖으로 흘려보낸 언어들이
무에 그리 중요치 않은 것임을

밖을 겨냥하기보담은
칼날 무뎌지는 고통의 흔적
앞으로 내 언어는 안으로 새기리

이름 밝히는 내게 안다는 듯
반갑다고 건네 준 그녀 미소와 함께 건넨 손
안다는 말 정말 맞긴 한지, 알 바 없지만
골 깊은 내 손금 깊숙이
막힌 봇도랑 치듯 다녀갔으므로

시를 삼켜서 미소로 날리듯
이젠 개구기 다리에 속지 않을
갑옷의 가재를 키울 때

# 쓴꽃

필름통이란 곳에 화가畫家 이영철
"그린 꽃은 시들지 않는다"
출판기념회 오라 해서
주차된 차 급히 후진하다
지나는 차 뒤쪽 범퍼 살짝 긁었다

1mm의 오차였다
닦아드리면 안 될까요?
어림없다, 수리비 당장 현금으로 주던가
새것으로 교환해야 한다 하신다
어쩔 수 없다, 보험회사 전화할 수밖에

(박희은 씨 전화 했으니 안심하고 처리하세요!)

이영철 화백의 책엔
자신의 그림과 에세이를 함께 엮었다
그럼 시로 쓴 내 꽃은 언제 시드나?
긁힌 차 수리 다 하고 마무리했다고
걱정 마시라고 정중한 보험회사 전화가 왔고
내 차에 남겨진 흔적은? 그대로 두기로 한다

1mm의 오차가 남긴 꽃
쓰다, 사는 게 다 그렇듯
그게 詩다

# 식탐

연애

스쿠버다이버가 주인인
멍게 해삼 동해에서 건져다 판다는 자연산 횟집

접시에 썰어놓은 바다가
초장에 찍지 말라고 해서 그냥 입안에 넣었다

멍게향기 뇌를 멍하게 하고 붉은 해삼은 딱딱했다
난 물컹한 게 좋아! 라고 하자
성하지 못한 이빨을 탓하라 한다

둘을 한꺼번에 씹으면 바다는 어떤 맛?
그건 탯줄 잘린 아이가
첫 입술 더듬어 엄마 젖 물 때
울음과 초유가 뒤섞인 맛!

먼저 중독된 듯 나를 데려간 친구는 어제도 이 횟집에 왔다 한다
번호표를 받아 쥐고라도 내일도 줄을 서겠다 한다

씹는 바다가 여러 번 소주에 헹궈질 때
이 집 주인은 머리채 질질 끌리듯
더 깊은 심해를 더듬고 있겠다

121

# 愛子

돈나물 김치 더덕장아찌 각각의 그릇에 담겼지만
정성이 가미된 맛이란
입맛 잃은, 봄의 기억조차도 아득한
나의 냉장고를 감동시키기에 충분했다

어린 시절 엄마가 해주던 그 방식의
그 맛을 수시로 공급하는 애자
개구리 잡아 다리 잘라 구워주던 초등 동창
콩서리 입가 꺼멓던 그 애자가
이제 다 늙어서 수시로 채운다

이만하면 나의 허기진 배는 식탐으로 불러와도 괜찮지 않은가
사람들 나와 애자와의 관계를 물을 때
지주댁 도련님 굶길 수 없다는 애자
배가 너무 나왔군! 걱정해도
너로 하여 나는 언제나 당당한 냉장고다

이젠 애자가 건강하게 오래 살길 바랄 뿐
가끔 내 염문에 삐치고 심통이긴 하지만
들일에 밥해 나르던 솜씨 그대로인 너를

냉장고나 다름없는 늙음은 언제나 기다리지

연애

시 쓰는 내가 뭐 대견하다고
푼푼 모은 돈으로 반찬 장만해 주는 애자
네가 읽고 만족할 쉬운 시는 나 아직 쓰지 못했고
지갑은 얇아 갚아줄 형편도 안 되고
그런 애자 생각하면 냉장고는 걱정이다

40년이 다 되어 다시 만난 애자
내년 봄날엔 꽃무늬원피스 분홍스웨터라도
사줘야 할 텐데

# 버들피리

누군가 쓴 시를 깊이 들여다보는 일은
마음에 닿는 입김으로 소리를 닦는 일

진정 그건 사랑하는 일

봄의 입술을 훔치고 싶은
수양버드나무가 바람에게 내어주는
허리를 만지는 일

엊그제는 풍각에 다녀왔는데
남에서 북으로 치달아
팔조령에 이르는 길목 유등연지가
태양열 집열판인 듯 햇살을 빨아들여서
못을 뿌리로 둘러싼 수양버드나무 잎은
어린 새의 혀나 다름없더군!

바람이 닿은 모서리는 각이 없어
그 곳을 풍각風角이라 부르더군!

나는 누군가 쓴 시를 읽는 일로
내 몸의 각을 비틀어
자꾸 분다, 버들피리

# 부슬비 오는 날

1.

먼지 뒤집어 쓴 金春洙 詩集 「南天」이
어둔한 발음으로 시의 열병 앓던 내 스무 살에게
정갈한 여백을 강요한 때가 있었다

색 바랜 건초의 냄새가
세로로 흘러내리는 활자의 행간에는
너덜겅 너머에서 주워온 어머니의 잣들
푹푹 껍질 삭는 소리 가득하다

슬픔은 다 견고해서 깨물다 벗겨진 청설모 앞니가
평창강 지류에서 시리다

그렇게 보수를 기다리는 치아를
그냥은 둘 수 없어 버티다
틀니 하러 부부치과 문턱을 넘는 부슬비

2.

장마는 오지 않았어도 서울로 떠내려간 이웃집 누이
흐린 분홍 유리에 갇혀

등 패인 드레스로 등불 맘껏 쬐다가
늙어 죽은 건 아닌지, 소식 감감한데

부슬비에게 소식을 물어도 부슬부슬할 뿐
선명한 답 듣지 못한 까막눈 어머니의 문고리는
언제나 끈적끈적했다

저 풀을 두드리면 수박 냄새
저 풀을 두드리면 참외 냄새

본시 없던 내겐 누이가
무슨 냄새인지 나는 여직도 알 수가 없다

  3.
잣 까던 어머니는 이제 곁에 없어도
잣 깐 돈 받아 산 金春洙 詩集은
고스란히 남았다

그날의 어머니 나이에 이른 내가
고드름 녹는 처마 아래서

구멍 난 양말에 홈질하는 법을 배우듯
묵은 詩集 南天 책장을 넘긴다

쓴 풀물의 언어가 치통에 닿아
세로 행간이 얼얼하다

각기 다른 풀냄새를 이제야 알다니!
눈, 귀 어둡고 코 또한 기능 잃은 내가
말갛게 씻기는 잣알이 된다

春洙가 지나간 南天에 동동 혼자 남겨진다

# 도토리 평전評傳

인터넷 검색창 열고 "평전"을 치니
전태일평전 김좌진평전 이현상평전
체 게바라, 링컨평전 등등
나름대로 평을 들이대고 있는데
도토리는 왜 평전이 없지?

팔공산 산비탈 상수리나무 아래 마른 풀숲
흩어져 있는 도토리들
몸뻬 아주머니들이 그걸
회색 큰 엉덩이로 읽느라 즐겁다

알 굵은 도토리 앞에서는 더 환한 얼굴이다

아, 도토리가 쓴 건 앞치마 채우는 즐거움이었던가?
꼬투리째 떨어져 껍질 뒤집어쓴 도토리
꾸욱! 발로 뭉개서 까는 진풍경
목어 소리 풍경 소리 염불 소리 그만큼 듣고서도
속된 나와 진배없는 저 덜 까진 놈

그래도 안 되니 아주머니 요분질로 걸터앉는다

다람쥐 겨울 양식 다 거두어가면 어쩌나! 나 걱정 중인데
염불에 자비를 배웠을 듯도 한데
젖은 이끼바위 뒤에 몸 숨긴 다람쥐
아랫도리 몇 번 주무르는 시늉하더니
홀가분해진 몸 나뭇가지 가볍게 오른다

도토리 하나 어디에다 숨기나 봤더니
굵은 상수리나무 아랫도리 썩은 굴

어미의 몸에 도토리 돌려주고 있었다

도토리는 절집 보살에게, 절집 보살은 다람쥐에게

다람쥐는 나무에게 굴리는 흐린 근친의 검색창이
평전이 되어 찰나로 읽히고 있다

129

# 낚시 권유

술과 함께 잘 놀다 풍치 얻어
그깟 이빨 몽창 내려앉았다고
두문불출하는 쉰 살 문턱 장가들면서 백수 된 친구야

우리 지렁이 사 들고 낚시 가지 않을래?

팔공산 지나 구미 장천 조지釣池에 가서
미늘 깊숙이에 꿰인 가을로
꿰맨 겹겹 정조대 붕어나 꼬드겨 볼래?

온데 상처투성이 참 굴러가는 게 다행인 자주색 세피아
출고 십사 년 된 내 차 타고
내년이면 쉰에 닿을 녹물이 흠씬 흘러나오는 눈
바퀴를 굴리며 달려보는 거지, 그치!

한 번도 새 차 타보지 못한 원망은
서로 해 본 적 없어 참 다행이다 싶은
친구야, 그런 가을에 둘이 함께 낚시 갈 수 있다는 이 행복
구르는 단풍을 몇 개나 더 뭉갠다 해도
비탈에서 미끄러진 오소리에 멈칫하며

산 비집는 안개 사이로 오늘 낚시 가지 않을래?

못물 위에 떠다니는 잎의 말을
나는 얼른 알아듣고 시로 쓰고
너의 허전한 잇몸이 가을을 안주로 곱씹으면
얼마간 건조해도 우린 잘 산 거 맞지?

미안한 지렁이 사 들고
팔공의 가을 구멍을 함께 지나
낚시 함 가보세

# 한티사랑

사랑의 마지막은
언제나 미끄덩거리는 고갯길
순교의 잎들이 거기 있었다

숨찬 절정도 한티에 있었다

두터운 옷 입은 아스팔트길
길이 닿지 못하는 하늘 근처엔
구천의 계단이 놓여있었다

둘러가도 될 것을
이곳에 처음 길을 낸 건 아마도 나무꾼이었을 터,
어느 계곡 자주 출몰한다는 선녀를 찾아 나서다
올라선 고갯마루는 헐겁지 않은
한티였겠다

새의 숨 자락이 또 거기 있었다
마음의 매연을 쪼아 먹으며

# 뜨신 밥

자기瓷器 몸 안에 밥하고 싶다

흰 쌀알 퉁퉁 불려서 뜸도 좀 들이고
잇몸뿐인 그대에게 잘 익은 밥 대접하고 싶다

가끔 입가로 밀려나오는 슬픔 내 입술로 닦아주고
온전히 속을 익혀 굴뚝 위로 띄우는 달

불면이던 그댈, 배불려 눕히는 노동
기러기 날아가는 하늘을 그대 등 아래 깔아 주고 싶다

무른 논에서 영근 나, 다시 무른 그대 살 틈에 숨어
말갛게 씻기고 싶다

어떤 평화인들 이만하랴

# 횡재, 맛있는

노숙자 무릎 앞 바구니
얌전하게 들어있는 1달러 지폐
수화手話로 잘 타일러
한국은행권 만원권 지폐로 바꿨다면
말 되나?

그 돈 들고 애인하고 여행 갈라고
어디라고 했나, 북아프리카
이니스프리 섬?
러시아 연해주 가서
혓바닥 얼얼하게 아이스깨끼 빨자고?

율도국 아니면 튀니지나 시칠리
거기 가서 뜨신 라면 한 그릇 사서
아직 없는, 어쩌면 오래 없을
그녀와 둘이 이마 맞대고
훌쩍!

훌쩍 먹는 맛은 얼마일까?
만 원어치의 맛은
훨씬 넘을 듯

# 낮잠

연애

여름 한낮이다

가지도 않아도 될 길을 에어컨 빵빵 틀고 가다
엇! 차가 플라타너스 아래 멈췄다

기름이 없나 보다
지갑을 열어보는데 비어있다
새의 귓속말쯤은 엿듣는 나이인데
이게 뭐야?

은행 나뭇잎들에게 전화를 걸자
나도 가진 게 없다고 징징댄다

내 진땀을 훔쳐본 매미 녀석은
어르고 달래려 들지만
실은 나 빈 지갑이어서 혼자 즐거운 여름사내

더는 무거울 일 없는

135

# 새새끼


언 강에서 외발로 서 있거나
떡갈나무 미끈한 몸의 중심에 구멍 내는
새의 몸을 떠올리다 보면
위치로 보아 입술이 분명한데
부리는 언제부터 저렇게 딱딱하게 굳었는지
궁금하기 그지없다

사랑할 때 서로 부비기도 하는
가려운 겨드랑이 긁어주기도 하는
저 부리 끝에도 신경은 뻗쳐있을까

시늉하는 몸짓이 내 사랑 그녀와 다르지 않은데
지푸라기 나뭇가지 물어 나르는
저 앙다문 하루 치의 노동 앞에
두 손 매단 나는 부끄럽다

새보다 더 많은 지저귐으로 일당을 벌고
입술로 감언과 구걸을 일삼는데
손의 몫을 다 하는 저 부리 앞에서
지은 죄 땟물 꾀죄죄한 손이 무겁다

모이통을 갖지 못한 나는
따뜻한 겨드랑이 갖지 못한 나는
서서는 잠들지 못하는 나는

분명하다, 새만도 못한 개새끼? 새새끼?

그래 맞다! 새새끼

## 꽃핀 산딸나무

어디 한 군데 나비 머리핀
찔러 넣고 싶지 않은 곳 없는 갈래머리

그대로 둔다 한들
문화예술회관 예련관 뜰은
환하겠다

추적추적 비가 내린다 한들
우르르 함부로 뛰어내리지 않는 꽃들
몰래 예절 배워버린 산의 딸 같아서
벌어진 젖꼭지 둘러싼 돌기들
젖배 곯은 아이 여럿 먹이고도
나까지 매달려 빨아도
넉넉하겠다

저 유모를 불러들여서 무료급식소 차려도
좋겠다

차마 내 카메라 들이댈 수 없는 수줍음에
'하'라 필명 쓰는 여류시인더러

찍어 전송해 달라 부탁한 꽃핀 산딸나무

분 바를 곳 없는 저 민얼굴에
한동안 천둥의 아랫도리는
얌전하겠다

연애

# 꽃의 치유

매화 띄운 차를
그냥 바라보고 싶었는데
어느 선승께서 자꾸 마시라 한다며
눈이 새까매서 어여쁜 여자 銀柱氏
흑백黑白의 잔에 떠 있는 매화 두 송이를
휴대폰의 영상으로 보내왔다

나는 식기 전에 드세요! 라고 답했다

그랬더니 시인의 표현이 뭐! 그러냐며
다시 잘 써서 보내 봐요! 라고 한다

봄이면 알러지에 가려운 나는
등까지 손톱이 닿지 않는 탓에
효자손 하나 장만해 놓지 못한 탓에
돼지털 손잡이 긴 유화 붓으로 긁긴 했는데
등의 죽지 안쪽쯤에 상처가 생겼다

연고 바를 방법이 없던 나는
'저 매화차 내가 마시면 속열 삭아 나을까?'

라고 답신을 보내자 그녀는 역시! 라며
기막히다, 한다

선승 앞에서 보내온 감탄의 문구에
문설주 기둥에 연고를 바르고
나는 상처 난 등을 비빈다

선암사 오래된 늙은 매화나무가
봄밤 달빛에게 그랬던 것처럼

# 고성동 봄비

1.

내다 놓은 연탄재는 아껴 태우느라 꺼먼 속살이다

내리는 비는 흘러내리는 눈물
마스카라 지워진 여자의 눈자위로 꺼밋하다

불이 스쳐간 소용 다한 늙음을
다 안다는 듯, 가로등도 내리깐 눈
한때 뭇 사내들 달구었던 것처럼
얼굴에 구석구석 분 냄새 발라대는 비는
저녁 담장 너머에 산수유꽃 피운다

히죽 웃던 돼지머리 썰려지며
안주인의 도마에 새겨지는 수천의 빗금 탓에
암뽕국밥집 공기는 이내 따뜻하다

이제 내가 할 일은 칼을 갈거나 가벼워진 불 위에 무게를 얹는 일

삶이 무거워서가 아니라
난로의 불문 열어 마지막을 깨끗이 태워야
죽음의 무게가 가벼워질 일인 것을

춥다고 웅크린 난로 아랫구멍 열면
그녀 손바닥 말랑한 물집이 톡톡
다독이는 내 엄살

  2.
도道가 깊어 복전층층 기워진 누더기
탁발 수행 선승은 보이지 않는다

지붕 무게에 눌린 집들의 경계에
바늘자국 같은 철길이 지나가서
선거철 공약도 약발이 더디다

전신주 아래 내다 놓은 쓰레기 봉지들
덧대어진 입구를 툭툭 봄비가 건드리는 중이다

그 곁을 슬금슬금 다가가는 고양이도
앞발이 젖어있다, 여전히 인기척에 빨라지는
비의 속도를 닮아간다

몸통 발라먹은 생선의 대가리

눈알 빠져나간 움푹함에 빗물 고이더니
아침이 되어서야 안구 같은 해가
혼자서 지붕 위로 끙끙 솟구친다

간밤 내가 지우느라 애쓰던
잠언적인 시의 문구가 저절로 뭉개지는
고성동 봄비는 허접의 목탁일 뿐
경전을 읽어내는 꼼꼼한 염불이 필요 없다

이미 오래된 지붕 위 기왓장이
미끄러질 만큼만 미끄러져
허기진 하늘의 틈새를 벌렸으므로

# 봄, 지워지는

연애

재첩 넣어 끓인 타래 미역국 삼키며 나 울컥했네

굴러온 섬진강 돌들 틈 서로 등 비비던 봄날
새끼 치듯 흩날렸을 매화 고년을 생각했네

살갗 터진 나무 아래 무시로 셔터 눌러대는
연할 것 같은 속살의 조년은 모르리라

우려낼수록 깊어지는
파도 향 아랫도리의 맛에 흘려 넣는 강물
설익은 밥알 뚝딱 말아 헛헛했던 아랫배 당겨내면
매화 고년 날 두고 뭘 한들

다 용서되는 봄날이네

## 양갱의 詩

열대여섯 살 아이들에게
겨울詩를 쓰라고 칠판에 써놓은 뒤
나 돌아서서 솔잎 지는 어둑한 뒷산 산짐승 배설 흔적을 살피다 와 보니
한 아이는 겨울詩는

"가난한 할아버지 이빨자국"이라 써놓았다

생전에 앞니 없던 할아버지가 깨물다 불길 닿아 뭉쳐진 엑기스의 몸에
자국 하나 남기고 저승에 가셨다는
---------------------깔끔함

내가 다녀온 겨울 숲은 달콤해서 엿 같은 덩어리
누군가의 욕망 올가미 여기저기 놓여서
쑥쑥 말려드는 혓바닥, 산짐승 입천장 틀어막는
그런 허욕의 시에 불과했던 것

조금은 부드럽기도 한 가난의 몸을 씹어 잇자국 남길
"죽을 때 한번 깨물어줄 맛" 위해
꾸역꾸역 검붉은 그것
내 삶 어디에 무엇을 어떻게 첨가해야 할지

"오늘은 내가 양갱을 주마"

겨울 시 쓴 아이들에게 나눠준 양갱을
껍질 벗겨 나 또한 꾸역꾸역 씹어도 보는 것이다

## 잎 진, 플라타너스, 길


부풀리다 가려운 공원의 플라타너스
매단 꼭지 힘들 스르르 놓아버린 뒤
할머니 알 따낸 옥수수 몸통으로
등 긁어드리던 밤에도 떨어지던 살비듬

겨울 껍질이 발바닥에서 비명 한 번 더 쪼갠다

늙어가는 거 맞는지 세포가 죽는 건가?
나 요즘 등이 자주 가려운데
매달린 텅 빈 까치집 틈에서 빠르게 내려오는 햇살에 눈이 아픈데
달려와서 어디로 갈지 궁금한 기색도 없던 나는
'겨울 가지들은 몹시 춥겠다!'
거기까지만 생각했다

바람 불어 서로 닿는 살갗사랑 아래
위안의 자판기 커피 한 잔 뽑아들지만
체한 듯 희멀건 손가락 끝
바늘끝 추위가 찌르면 핏방울 솟을 것 같은 나무
운치의 까치집이 요즘은 무겁게 보인다

짹짹거리던 햇주둥이들 한때 매달렸던 저 나무에게도 봄날은 분명 있었던 것
새끼를 키워낸 둥근 태반 같은 집은 달아오른 수컷을 기다리는데

연애

쪼그라든 그림자 걷어차며 사내들은
저런 다리를 끌고 급식소로 가고 있다

# 웃기는 옻닭

옻이 든 줄 모르고 친구가 백숙으로 고아낸 닭을
맛있다고 나 많이도 먹었다

항문이 간지럽더니, 온몸으로 번지는 가려움
줄줄이 기어 다니며 살 오르는 지렁이
살갗에서 몸 트림을 한다

옻밭의 지렁이 먹인 닭을 먹을 걸 그랬나?
심한 옻 알레르기가 있는 나, 생 옻닭을 먹다니

검은 내일은 슬림형 전화기 속 그녀
만나서 허리 밀어 올릴 약속 날인데
때 밀 듯 속살 문지를지도 모를 일인데
묻지 않고 마구 먹은 게 후회막급이다

병원에서 받아온 약
두 번 분량을 한꺼번에 입안에 털어 넣지만
근지럼은 잠시 멈출 뿐
사실은 만나야 할 그녀가 시이고 보면
내 생의 그늘 피해 다니던 옻나무도
이젠 한 몸 안에 가두지 싶다

참아내는 면벽 순간이 더 큰 그리움을 만들어
결국 그녀와의 약속은 뒤로 미루어졌지만
원망이던 친구도 조금씩 고맙다는 생각
근지러움 속 혹여 당신은
부처 루카치 헤겔 사르트르?
아니면 민망한 책들을 썰어 먹인 닭?

# 끼룩끼룩, 저녁에

조개구이 집에서
덜 익은 조개의 입 억지로 벌리다가
갯벌에서 깊어지던 한 여자의 발
우두둑 뽑아드는 소리
듣는다

분별없는 슬픔 삼키고 나면
얼마 뒤 밀어내놓고야 마는 갯벌이
불 위에서 흰 거품이다

두 쪽 봉분 열린 껍질 위로
활활 불길은 유순한 갈매기 날개
오래도록 울지는 않았다

갯벌이 키운 한 여자의 발이
또 어느 썰물의 갯벌을 내딛을지
궁금한 이유조차 희미하도록

소주가 어둠의 깃을 적셨다

# 꽃밭, 신혼의

입술 맑던 꽃들 떠난 자리에서
짙푸른 양복 동백이 담배 피워 물지만
물 주기를 멈춘 아내는
자꾸만 손이 시리다 했다

분꽃이 싸지르던 향기도 치워진 꽃밭
그 자리에 나와 앉은 것은 요강단지

어머니 피오줌 받아내던 둥근 몸 안은 얼어서 넘친다

허공에 흩날리는 눈이 또 하나의 꽃이 되는 순간에
삶의 입구는 모두 좁다

우두커니 벌어진 장지문 틈새로
인기척 없이 들어서는 몇몇 눈발이
사내의 허상을 다 읽어

허접한 시만 남은 방 안은 찔끔찔끔 눈물이다

153

# 공원묘지에서

 1.
일몰과 무덤과 오르가즘의 관계가 궁금하다

거짓말, 거간꾼, 거웃, 거지, 거머리
'거'로 시작된 저것들이 허무라고 답해오겠지만
혹과 혹의 소통은 여전히 궁금하다

낚시를 늪에 던져두고 기다리는 동안
막연한 것이 다 생인 줄 알았는데
찢어진 장화 속 스며들어 뭉클 피 빠는 거머리
통통한 몸통을 당겨본 나는
앗! 몸은 고름 주머니였다는 걸 알았지

연체의 어둠이 달려들어 빨고 나면
고름 든 부스럼이 빨리 나을지도 모를 일
끊이지 않고 조성되는 봉분들은
어느새 성큼성큼 산 하나를 다 뭉개고 말았다

아버지 자갈풍 앓는 정강이 같은 비탈
이미 말라버린 뼈들을 향해 뭉클거리는 피
오늘도 나르느라 저녁 땅거미들은 거시기처럼 극성이다

공원 들꽃은 저마다의 이유답게 피어나지만
청상으로 살다 일찍 떠난 여자의 무덤에 이르면
엉겅퀴꽃이 쩍쩍 달라붙는 '거'를 들여다보고 있다

연애

떠남이 곧 돌아옴의 시작이기라도 한 듯
꽃술에는 작은 몸, 날개 단 것들
흥건한 배란의 몸짓이다


　2.
산의 치맛자락 땅거미 손 뻗어 넣으면
여기저기 듬성한 뗏장 틈
낙하산 타고 잠입 중인 낯선 풀씨도 있다
맨살의 땅은 이때 움찔한다

발 내려놓을 곳을 살피느라 눈발도 분주하다

손닿지 않은 사랑 또한 그대의 몸 한구석에서
쉽게는 찾을 수는 없겠지만
낮은 곳에 화인을 찍는 일은 혀가 세울 깃발

한 생을 살아낸 흘림체 공적 없는 묘비들이
참 단출해서 어여쁜 저녁이다


155

유인孺人, 학생學生, 이든 차지한 두어 평에
종種 다른 풀씨들은 바람과 다투기도 하지만
어둡던 질 속 무수한 돌기들 불거져
오르가즘을 더 잘 만드는 공원
땅거미의 뭉툭한 거시기를 오롯이 바라보는
키 작은 풀들은 젖고 있다

울타리 주변의 조팝꽃은 날랜 순발력
흰 거품을 쏟고 있다

공원묘지는 이런저런 종양의 죽음이 피운 꽃밭
교미하고 싶어 달아오른 암컷의 질
발기된 슬픔을 밀어 넣고 싶게 하듯
먼발치 자궁이 어둠 속 길의 끝에 있어
희미하게 엿듣게 하는 새끼의 첫울음

눈도 귀도 먼 사람 새롭게 읽을 점자본 야설
손끝의 한 페이지를 누가 찢어서
비탈에 펼쳐놓은 것이다

# 알에 관한 명상冥想

연애

암탉인 아내가 자릴 비워서 막둥이 녀석 허기는
내 몫이다, 냉장고 문을 열고 꺼내든 달걀
이게 유정? 아님 무정란일까?

아삼삼하다, 오래전 불임수술한 후론 관심 없어진 탓!

프라이팬 열기 위에 얹을까
아니면 노른자 흰자 희석해서 쪄낼까
고민 중, 만난 것은 안과 밖을 껍질이 감싸고 있다는 것

둥근 알을 만들기까지 방아공이 아래 놓은 구름의 몸
아비는 오랫동안 어미를 밟아 내렸을 터
껍질을 뚫고 몸을 꺼내기까지는
내부의 천둥 같은 부리가 스스로 할 일이다

체온을 건네준다는 것은 아름다운 희생이긴 하지만
허기진 눈으로 나를 올려다보는 아들 녀석도 알에서 나온 것
전설傳說 속 알에서 나와서 시조始祖가 되었다는 사내들
그거 억지로 지어낸 말은 아닌 듯

아들을 위해 알을 깨는 순간
따로 놀던 몸 속 두 개의 알이 갑자기
저릿하다

157

# 꽃

아무데서나 꽃은 핀다

습기 머금은 벽지 위 사방연속무늬로 피다가
그녀 손바닥만 한 속옷에서도 핀다

눈 껌벅이지 않는 금동불 관자놀이에서도
우담바라가 흰 포자로 번식하듯
꽃은 얼마 만에 얼마 동안
하여튼 피었다 진다

지기 위해 피는 거지만 그래도
나는 뚝뚝 꽃잎 떨어뜨리는 꽃보다
피는 듯, 안 피는 듯, 피긴 피어서
가지에 매달린 채 얇은 잎을 스스로 말려
수상한 공기 속에 미립자로 날리는
그렇게 피고 지는 꽃이 나는 좋다

오르내리는 길 어디에서도
함부로 보지 못할 꽃이어도

순간이 영원으로 기억되어질
한 사람 앞에서 몸 가루로 부서져도
당신 가지의 무게를 덜어주는
기쁨 같은
나 그런 꽃이고 싶다

# 다리 위의 詩

1.

아양교 위에서 한 사람이
심심한 다리 난간을 짚고
고개 숙여 아득한 물속을 본다

뒤따라오던 한 사람도 이어서
본다, 처음 보던 사람은
그냥 난간이 심심할까 봐 본 듯한데

물 한 모금 마신 병아리처럼
굽혔던 허릴 펴서 떠났다

두 번째 사람 뒤에는 세 번째 사람
연이어 난간을 넘겨다 볼 것이다

그리곤 저마다 뭔가를 보았다는 듯
묻지도, 남기지도 않는다
뭘 보았다는 한마디 말

2.

오래 박고 선 물속 다리에

스멀스멀 달라붙는 거머리 떼

사람들 아양교에서 읽고 간 것이
허무의 경전은 아닐까?

구름도, 은비늘 물고기도, 쓰레기도 아닌
높고 아찔함에 얻어진 긍정의 힘

한 줄 시란 놈도 물 위를 엎드려
까마득한 아래를 내려다보는 이들에게
뭔가를 보고 가벼워진 듯
길 건너가게 할 수 있지 않을까

그런 사람들을 궁금해하는 건
말없이 오가는 알 수 없는 소통

엎드린 자세로 눈 뜬 다리 위
그 자리에 오늘도 나 그대를
물속 내려다보게 하는 것이다

## 조문국 召文國

능의 풀들 자람도 멈춘 가을
막바지 피는 꽃은 짓밟힌 깃발 같다

까마득히 잊힌 옛 부족국가
영화로웠을 흔적을 찾지만
커다란 젖통 무덤들은 봉긋하여
혹여 아직 다 식지 않은 사랑이 있진 않을까
반원 안에 남아 있을 온기를 살핀다

예초기에 잘려지는 꽃 대궁뿐
적의 침공에 복속되던 순간까지
최후에 일전 치르던 사내의 진액 같은 함성은
발굴의 호미 날 어디에도 묻어나지 않았다

둥글고 높은 무덤이야
영화로웠을 순간에 만들어진 것
힘 빠진 날갯짓 장수잠자리 다가가도
쉬이 반기지 않는
원망, 치욕 빛깔로 깃발 꺾는 꽃들

슬금슬금 걷는 가을 평지가
발끝에서 또 뭉개지고 있다

162

# 붕우朋友

연애

지하역 출구 근처
기다릴 사람도 없이 차를 세워두고 있다 보니
아등바등 살아온 생이 까마득해진다

지하의 잠이 깊지 못했던지
눈곱 주렁주렁 달고 있는 약골들
수북한 알약 봉지를 꺼내든 사내와
약은 잘 챙겨 먹어야 한다고 종이컵에 물 받아오는
더 야윈 사내
언제부터 친구였을지는 알 바 없지만
행려에 든 정일까

소주병 한 병 앞에 놓고 마른 과자 안주 한 조각을
땟물 흐르는 손으로 쪼개어 나누는데
이등분 크기는 더도 덜도 오차가 없다

함께한 바닥의 추위라서 욕심 따윈 묶어버린 걸까

벗 하나 기다릴 일 없음에 슬프다며
들여다보는 지하역 출구

무릎 시려오는 쉰을 앞두고 보면
맞이할 일보다
보낼 일로 종종 붐비고

# 왕릉에서

엎어진 커다란 잔 하나에
나 갇힌다, 몇 개의 술병은 비워지고
아직 속이 그득 차 있는 병들은
동쪽 탁자 모서리를 눌러
다소 불안한 서쪽
이팝꽃은 뭉게뭉게 한과 안주로 놓인다

봄바람 주모가 새 잔을 하나 더 놓고
허리 굽혀 슬몃 가슴 출렁 술을 치자
나는 이미 술잔에 갇혔고
다음엔 그대가 마실 차례
능소화는 동쪽 입술 물고, 젖기 직전이다

그대 잔 또한 내 옆에 엎어지고 나면
탁자 위는 수평이 되리, 깨끗이 치워질
이팝 꽃잎 이불 덮고 나눌 소통이 그리운 것

먼 흙길을 헤쳐 왔어도 털빛이 빛날
두더지는 두 개의 능 사이를 오가겠지

주작도 현무도 취기에 드는 시간

두 개의 능 그 중간쯤에서 나르는 나비
날개는 바람의 속도를 잴 수 있을까

나 집으로 가는 아스팔트 수평이던 길
둥근 봄, 그 솟아오르는 울렁임
걸려 넘어져 코피라도 흘리고 싶던
그녀 유두 날이 자꾸 눈앞을 흐린다

## 상여를 따르다

몇 번의 전쟁에 끌려 다니며
적 향한 총질, 중독의 포연
엇박자의 물길에 휩쓸리신 아버지
당신의 유언은 화장장이었다

영안실에서 화장터까지만큼은
운구차 대신 상여를 먼저 선택한 형님
앞줄에 서니, 아버지 생전 들려주던
살아온 날들이 비틀거림 흔적이 무겁게
상여꾼 어깨에 얹혀졌다

한 채 집의 단청 속, 꽃밭이 흔들려
새로 앉아 계시던 당신, 날개 한 번씩 들썩
어떤 말도 들려주지 못할 통로로
미련 없이 들어가 버린 아버지

꿈꾸던 누각에 오른 것일까, 즐거운 듯 흔들리고 있었다

생전 허술한 집을 옮겨 다니며
살아오신 것 잘 아는 형님은
저승길 꽃상여를 준비했으리란 내 짐작이 맞는지는

인가와 숲 오가며 사는 참새에게 물어봐야 할 것 같다

이슬방울 전선에 앉아서 갸우뚱거리며
생소한 풍경에 눈 동그랗게 뜬, 지상의 영롱함이란
매달린 물방울 같은 거

해 솟으면 말라버리는 저 피복의 내면
흐르는 생각의 끝이 잠시 지워지면
어떤 다른 세계로 흘러드는
전파 같은 아버지는
뼈 몇 조각 남기고 사라지실 것이다

그 해독되지 않는 부호
굴뚝 피어오르는 연기 속으로

# 윈도브러시

왼쪽 힘이 오른쪽 힘에 끌리듯
다시 오른쪽 힘이 왼쪽을 당기듯
그런 지속되는 순간 속에 눈발도 폭우도 면도날도 있다

밀어냈는가 하면 어느새 아침
아침이 문드러지면 저녁이
어둠이 문드러지면 한낮이
그렇게 스치듯 어떤 힘이 잔잔히 지속되며 일으키는 변화

결국엔 삐거덕거림 따가움이 남긴 하지만
그러나 그대로인 것도 있다

십수 년 넘게 몰고 다니는 세피아
마찰음 흘러나오는 윈도브러시에는
하루라도 부채 없이 살아본 날이 없는 생의 그늘이
덜커덩거리는 소리로 따라온다

프라이드에서 세피아를 넘나드는 정도
깨어 부술 수 없는 이 창懲을
운명의 브러시는 닦고 또 닦는다

몇 번인가, 삭은 고무를 갈아보지만
그래도 참 착한 생이고 보면
골목 담장 넘어온 석류꽃 밀치지 못한다

밤새 비 온 어느 날 아침
차창의 선홍 꽃잎 지우지 못해 흐린 시야 그대로 주행하는
유리와 고무의 틈새에서
알게 혹은 모르게 수염 자라는 소리 분명 들렸다

# 검단동 거미

늦둥이로 키운 아들 녀석 하굣길 싸웠다 한다 4학년 교실 담임선생님 만나 머리 조아리고 허약체질 녀석을 나무라며 데리고 집 가는 길 얻어맞은 아이의 아버지가 걸어온 전화에 움찔! 선생 하다 치우고 시 쓰는 애비가 어찌 자식 가르쳤냐는, 자신이 동인동 물귀신이라며 협박해 오는데

아, 나는 그동안 흔한 별호 하나 없다니 갑자기 눈앞이 캄캄해 오는 이 아찔함 복도식 아파트 늘 열린 유리창에 얼굴 내밀고 담배 한 대 꺼내 무는데 윽, 얼굴을 덮어오는 걷어내도 쩍쩍 달라붙는 끈적임이라니!

피 한 방울 남김없이 여치를 삼키던 거미는 어느 어둑한 곳에서 아름다운 늑골 씰룩이며 너무 덩치 큰 먹잇감에, 망가진 그물코에 허기의 저녁을 난감한 눈으로 내려다보고 있을 터 이눔아, 싸움은 이김을 목적으로 하면 안 되는 거여 소중한 무언가 뺏기지 않으려는 몸짓이면 몰라도, 그래도 누가 아버지를 묻거든 검단동 거미라 하렴

아귀 맞지 않아 열린 창을 그대로 두는 검단동 시 쓰는 늙은 거미는 매미 잠자리 똥파리쯤은 감당해도 만나야 할 물귀신은 너무 무서웠던 것

# 지우고 싶은 봄날

처진 살갗 검버섯 피었어도 활개 벌린 벚나무는
비질하지 않은 마당가에서 봄을 맞고 있다

연애

우편집배원 오지 않아도
기다리던 소식 전해주는 아지랑이
나른하다, 그 아래 묶어놓은 늙은 누렁이
목줄을 늘어뜨리고 엎드려
기어가는 개미를 앞발로 셈한다

찌그러진 채 나뒹구는 밥그릇엔
일찍 진 꽃잎, 밥풀처럼 떠다닌다

둥둥 지금이 봄날임을 알아 겨드랑이 근지러운 영감을
늙은 벚나무가 내려다보고 있다

진액은 살비듬 틈새로 흐르고
이날 이 무렵이 시집온 그때인지
밤 기다리던 초례의 즈음이었음에 할멈은
또렷한 기억 뭉친 꽃잎으로
초례의 혈흔을 닦고 또 닦는다

한숨 끝에 저놈의 꽃핀 가지 훅훅
번지고 있다

## 지붕의 서가書架


수세식 변기 안쪽 자라는 이끼에 나 오줌 누며
2층에서 나 수시로 마주 보는 지붕을 읽는다

주르르 밀려 내려올 자세의 기와들
서로 기대며 깍지 낀 손 힘겹다
지붕 아랜 늙은 노부부가 살아서
이미 다리 벌린 사다리도 지붕에 올려 두어서
한계령 치술령을 넘느라 닳아진 타이어도
비닐 요 깔고 오지 않는 눈발에
지붕은 삭아가고 있다

하루를 버틴다는 것이 저렇게 힘겹다니
맷돌마저도 하늘을 뭉개려는지
하늘 가까이 올라와 천둥에 헛바퀴를 돌리자
제멋대로 흘러드는 전깃줄과 안테나
고기를 씹을 적 달궈지던 석쇠까지도
내가 다 읽고 펼쳐둔 기와와 뒹구는 지붕

벌어진 이틈에 혀끝이 자꾸 밀려들 듯
듬성듬성 건너뛰며 맞추는 행간

눌어붙은 새똥이 답답한 저녁이다

스치는 시상詩想에 빨리 끊는 오줌발
올려다보던 이끼가 좆같은 시는 무슨!
얼른 지우고 그만 잠이나 자라 하고
그래도 끝없이 타이르는 지붕은
공중을 그리워하는 사람의 서가書架였다

연애

# 거울의 詩

## 1.

닦아내는 유리창 입김 속에 손 뻗지 못할 찔레덤불이 있었다 마른 가시 끝을 적시는 겨울비는 고열, 고개 처박은 까투리는 추운지 떨고 있었다 장끼, 그놈은 뭐 할까? 제 몸에 구덩이 파고 있는 고도古都의 상수리나무에 숨어 연한 거웃 분홍 까투리 안고 아늑한 잠에 든 건 아닐까 추운 까투리가 은근히 걱정을 밀어 올렸다 장끼는 투전판 화투장 밀어 올리거나 시 쓴다고 토굴에라도 박힌 건 아닐지 오입질에 이골 난 장끼일지라도 숲속 까투리 그냥 두고 온 게 찝찝했다 몇 번의 수태에 수척해졌을 몸, 홀쭉해진 아랫배 움켜쥐고 숨어든 도시의 공원에서 만난 까투리 그녀는, 장끼 놈을 원망하지 않는다 하는데 난로 곁 일어서는 주책없는 아랫도리 탓에 치미는 부아, 너 누구지?

## 2.

골목 모서리 드문드문 칠 벗겨진 대문이 지금 곁의 당신을 만나야 할 바로 그 사람으로 기억한다. 살면서 만났던 모든 사람들이 한 마을에 다시 모여 산다면 길들은 모두 어깨넓이로 뚫려 서로를 관통하며 비껴간다 해가 없어 항시 어둑한 일몰 무렵인 그 곳은, 눈병도 가릴 안대도 없다. 내가 어떤 집의 문을 두드리면 하나둘 모여드는 사람들 표정은 안온하여 급할 것 없다. 그들만의 통화는 가능하나 이쪽으로 수신되는 기지국이 없는 그곳에서 모든 내 행적 알고 있는 듯, 선명함과 흐림의 경계도 없다. 입술을 일그러뜨리고 억지웃음 지어도 보지만 손으로 문질러도 만져지지 않는 얼굴들 만나야 할 당신이 거기 있었다. 만나지 말아야 할 당신은 거기 없었다

# 봉정사 국화차

연애

칠월인데, 서릿발을 이불로 덮던 국화의 뿌리에 슬그머니 발 들이밀던 봉정사 북소리가 들려요. 극락전이 내려다보는 앞 들이 움찔움찔 싹이었을 당신의 만개滿開는 서리가 오기 전이라야 만나겠지요

오늘 첫눈이 온들 어떻겠습니까. 갓 핀 꽃들 따느라 스쳤을 무릎께는 이미 꽃물 든 시간, 아홉 번을 구워낸 소금과 발효에 첨가된 산수유 구기자 맛도 부비동염에 비좁아진 허욕의 코는 쉽게 읽어내지 못했는데

당신이 보낸 국화차 아리고 쓴맛은 어디에도 없군요. 늙은 사타구니 흘러든 물똥, 치매 든 구순의 시아버님을 씻기던 손, 발기의 부끄러운 눈빛을 읽고서야 고스란히 안아 눕혔다는 당신의 향기에 코가 저려요

저녁 북소리에 귀 오므리던 꽃을 따서 내게 보낸 봉정사 국화차, 첫눈 밟은 당신의 발소리를 칠월이 되밟게 하네요

# 주천강酒川江

급경사로 내려온 물이
너울거리드래요
산 그림자가 도망간 여자 그리운 듯
넘어지며 넘어지며 따라가듯
물 중심에 피우는 메밀꽃
굴러든 바위에 아라리 가락 퉁기는
여게가 주천강이드래요

북北에서 남南으로 흐르다가
동東에서 서西로 꺾이는
도원을 지나야 무릉이 되는
강물의 길

수직 절벽 맞은편에
흰 치마처럼 백사장 펼치드래요
수수밭은 성큼성큼 총 맨 병정
물속에 들어도 함부로 첨벙이지 않는
거스르면 무릉 입구 지나 도원에 이르러서야
달빛을 내려놓자 은빛 물고기들
막 튀어 오르드래요

176

맑은 들꽃들 번거로운 세속의 길 다 지워

여자가 떠나도 찾을 길조차 없는

쑥맥 사내가 슬픔 삭이는 노래

어딜 가서도

밥 굶지 말고, 병들지 말고

잘 살길 바란다는

취기의 사내 오줌줄기 흘러드는

그런 강이드래요

# 3
## 붉은 도마

## 시인의 말

몸 위에 올리는 다른 몸 하나까지
사랑, 뜨겁게 전이되어야 하는
연탄불 지피기 같은
잘 맞는 궁합 같은
내 삶의, 시의 길

세 번째 시집 2009년
『붉은 도마』自序에서

# 차례

# 고인돌 곁에서

기어가던 밭고랑이 힘들어하자
등 두드려 주는 한줄기 비
그 동 안 참 수 고 했 으 이

추수 끝난 늦가을의 끝자락
곡식들 잘린 무릎까지 적셔주고 있다

산과 밭이 만나는 곳에 엎드려 있는 덩그런 바위는
외투 깃 세운 바람을 고개 숙이게 한다

지상에 남겨진 편안한 형태에 도취 당한 듯
활처럼 굽혀진 곡선 위로 새 떼가 난다
털 세우지 못할 만큼
나른한 평화에게 올리는 기도처럼
저렇게 유연하기까지 생은 얼마나 분주했을까

아주 죽어 있지는 않은 것 같은데
턱 괴고 엎드린 자세라니!
얼마나 더 기다려야 나도 저렇게 쉴 수 있을까

등 단단해진 성깔 눕히고
돌이끼 이불처럼 덮어쓰고

# 고분군古墳群에서

　잔잔한 슬픔도 이젠 업어주고 싶다. 요즘 들어 들꽃이 좋아지는 이유가 도대체 뭘까? 아직은 할 일 많은 마흔 중반에 바라보는 古墳에서 어머니 한 생애의 그림자인 듯 피어나는 꽃들을 보면, 모두 비탈길인 것을……,

　등 한 번 더 내어주지 못한, 미련이 글썽이는 눈물로 무게 중심 흔들고 있다. 밋밋한 내 족적 아쉬움으로 드러눕는 풍경. 아이들 몇 격투로 이마에 혹뿔이 솟는, 발정 난 남녀가 봄볕에 음지 말리러 오는, 도시 변방을 점령한 씩씩한 불로의 고분들

　완만히 내려앉은 능선 그 위로 날고 있는 나비, 비행술 또한 유연하다. 시신의 뼈들 곰삭아 흔적 없을 테지만, 생전 쟁쟁했을 목청, 청동검 날을 세워 숨차던 시간이 내 발목 겨냥한다

　추측으로밖에 가 닿을 수 없는 곳이라도 등 한 번 더 내어주고 싶다. 그런 잔잔한 슬픔도 이젠 업어주고 싶다. 완만한 곡선 위 밀어 올리는 할미꽃 엉겅퀴 앉은뱅이꽃 그리고 춤사위 내밀한 꽃대들

183

# 夢想의 뜰

1.

늘 비탈이면서 비탈에 선 나무를 향해 손을 내민다

눈이 와도 미끄러지지 않는 어떤 법칙이 깊숙한 땅속 뿌리가 움켜쥔 흙의 무게에 있음을 나는 짐작한다

가부좌로 면벽한 노승이 절벽에 지은 암자 또한 언젠가 허물어질 거라고 생각도 했지만, 세월은 아무 일 없이 흘렀다

목마른 마흔에 이르러서도 나무를 보면 오르고 싶다
밤새 기억 속에 자라던 나무들 하나하나 떠올려 아름다운 부분들을 합성한다

잎맥 아름다운 갈참나무, 가시가 아름다운 엄나무, 몸뚱이가 순결한 물푸레나무, 흙 부둥켜안은 뿌리 형상 어여쁜 참꽃나무, 뭉뚱그려 나의 몽상의 뜰에 옮겨 놓는다

집의 램프가 켜지는 순간 온전한 사랑을 하고 싶을 때까지 썩은 관습의 가지들 아래로 차 내리고 푸른 잎사귀 틈 둥지를 틀고 싶었다

동쪽 마을은 서쪽으로 비우고, 서쪽 마을은 동쪽으로 다 비우면 허술

해지겠지만 내가 나무에 오르며 부러뜨린 가지 몇 주워 묶어 집에 들어
불 지피면 조금씩 달아오르는 윗목의 세상

2.
언 손등 피 맺히도록 조선낫 허리춤에 차고 땔감나무를 해서 집에 이르
던 달빛의 시간이 그립다

소죽솥에 불 지피던 시간 코뚜레거나 도리깨로 쓸 물푸레나무 곧은 가
지는 별도로 챙겨두곤 했다. 무릎 틈새는 추억 따윈 떠올리지 않아도 황
홀하였으므로

양지 녘 제비꽃 같은 사랑으로 작은 바람에도 저녁내 함께 흔들리고
싶었다

오랜 기다림 누이 목청이 저녁 밥상머리에서 나무의 수액을 타고 올라
와 발뒤꿈치에 이르면, 그제서야 나 나무에서 내려오곤 했었다

3.
제원군 금성면 적덕리 마을 앞동산에 있던 나무들

여러 해 묵은 물푸레나무 그 매끄러운 껍질의 그대에게 오늘은 나 매

달리고 싶다

이제 나무에 오르는 법은 까마득히 잊었지만
내 첫사랑이라 여겨지는 그녀, 집 뜰이 훤히 내다보이던
유년 시절이 훤히 기억되는 그 나무,
내 연모의 시작인 것을 이제사 알겠다

그녀 행적은 알 수 없지만 지금쯤 어느 덥수룩한 수염의 사내와 팔베개
로 누워
아이들에게 젖을 물리고 있겠지만,
하여튼 오르고 싶던 그 나무를 오늘 화폭에
지울 수 없는 화인처럼 그려놓고 싶다
하얀 집의 나무들은 내 몽상의 구석구석 비 온 후의 버섯포자처럼
자라나 즐거움의 잎을 피우기 시작한다

꿈꾸며 지금껏 살아왔던 나는 누군가 속삭이듯
나를 불러 내려주길 얼마나 기다렸는지,

그대 사랑의 따순 국과 밥으로 목을 축이며 나는 기도하리라. 난생처
음으로 나 아닌 누군가에게도 행복이 골고루 나눠지기를…….

# 욕망

다양한 종種의 꽃밭
집들의 담장 밖을 서성이지만
호박벌이 없다
몇몇 호박은 이름 알 수 없는 벌이
달라붙거나 인공수정으로 열매가 맺히고
수소문 끝에 찾아간 호박꽃
그곳에서 다시 쏘인 손끝
지문도 부풀려 보았지만
기억 속 욱신거림에는 이르진 못한다
나는 또 털 송송한 아랫도리
온통 노란 꽃가루 둘러쓴 벌을 찾아서
꽃의 중심에 풍덩 빠지는
그런 날을 찾아서
두리번거리는 애드벌룬 거리
흐린 지등 부풀어 오르는 주점에서 가라앉히는
욕망의 끝자락은 늘 아린 맛이다

# 태연한 관망

1.

물결 위 떨어진 꽃잎 몇 장이
머물던 자리를 올려다보고 있다
기다리는 것이 열매만은 아니라서
저 태연한 관망
물가의 시간은 그래서 아름답다
알 수 없는 기다림들 물살로 밀려들고
초저녁에 잡아 망태기 담아 놓은
붕어 한 마리가 지느러미로
삼경 넘긴 사월의 따귀를 후려친다
졸음 몰려와도, 잠들지 못하고
쓸쓸한 바람 걸러내는 수초들


2.

싱싱하게 물 오르는 못의 상류
내가 담고 있는 모든 것들은
물안개 속에서 기억을 지운다
지상의 어떤 통화도 끊은 채
새우의 휘어진 등 고립의 바늘을 꿴다
낚싯대 위로 달빛 쏟아지고

세상은 월척 붕어의 비늘로 환해진다
어슴푸레 실눈 뜨는 새벽이 되어서야
못물 중심에서 큰 고기도 수면 위로 튀어
내 안에 이미 갇힌 슬픔이란 놈도
더 이상 나약함 보이지 않으려 한다

  3.
살아 있음에 감사하고 싶은 4월의 밤은
물살 위 떠 있는 노란 꽃잎에
상류로 거슬러 오르는 눈빛 하나
희망인 양 슬며시 얹어준다

# 춘분, 정겨운

밥 끓는 소리
오전 내내 처마 끝에 매달린 고드름
녹아 언 땅에 뚝뚝 홈질을 하면
껍질 벗겨놓은 뽀얀 닥나무 더미 속으로
새 떼들 비끼며 몸을 옮기는 행렬
덩치 큰 나무들 뿌리 근처를 어슬렁
기어오르는 파란 이끼들
이불자락 끌어 덮고 잠을 부르면
목울대 근처에서 돋는 버들개지
기척도 없이 잠든 누이의 머리맡에서
먼 산 눈 녹는 소리
겨울잠에서 갓 깬 자라들
돌 뒤집는 소리
깔아놓은 지 얼마 되지 않아
길 잘못 든 바퀴가 무수히 찍어 놓은
아스팔트길 등판의 움찔거린 자국들

# 경춘가도를 달리다

낡은 승용차를 몰고 안개 낀 자정의 도로를 달려 아버지 만나러 춘천엘 간다. 가평 강촌 지나, 몇 개 터널 지나 엄습해 오는 안개에 바퀴를 적신다. 끈끈이 쥐덫 놓아둔 사무실 책상 밑 지금쯤 달라붙어 털 뽑고 있을 쥐, 일상의 고통 따위 배기통 뒤로 밀쳐둔다

스크럼으로 죄어드는 가로수 한순간 그늘 만들어주던 사랑도, 잎새도 자정 넘긴 안개에 감금당하는 걸 본다. 만나야 할 누구도 생각나지 않을 때, 희미하여 길 잃을 때, 잘못 살아온 날들이 아플 때, 절대적이라 믿었던 모든 것들이 허물어질 때 다가갈수록 처용의 가면처럼 이정표들은 부리부리한 장승 같은 눈을 뜬다

빌려 탄 사랑의 속도에 더 빨리 매혹되듯, 전면 유리에 닿는 바람이 스크럼을 풀고 있다. 가까이할 수 없던 장벽이 뚫리고 나무도 풀도 바위도 말랑말랑하게 만드는 아버지의 안개는 그리움의 군무, 혹은 춤에 지친 처용의 숨결 같다

달빛에 눌려 등이 굽어진 아버지 만나러 가는 경춘가도, 언제나 안개속을 달려야 지름길이던, 지난 원망의 기억들조차 모두 허물어지고 있다

191

## 정물, 두 개의 병瓶이 있는

탁자 위에 병이 두 개
한 개에는 꾹꾹 눌러둔 그리움
담배꽁초가 자꾸 고개 쳐들고 있다
운무에 쌓인 달력의 지리산을 넘겨다보고 있다
다른 한 병에는 뱉어놓은 가래침
쿨럭이는 감기의 균들이 모여
본시 살점이었을 노동의 시간을
그리워하고 있다
두 개 병 제약회사 상표 쓱쓱 문질러 보면
같은 회사 제품이 분명한데
약 비워진 그릇에 담겨진 각기 다른 오물들
좀 더 맑게 살아야 했어!
나이 들수록 조금씩 비겁해지는 건 아닌지!
깨어지면 비수가 되기에 충분한
감기 약병들이 곁눈질로 이야기한다
저 병들, 본시 모래에 불과했을 본질이
서걱이며 이빨을 갈고 있을 것이리
바람에 이마 부딪고 어지럼 앓다가
불꽃에 달궈져 병이 된 사랑
늘 엎드린 자세인 탁자

바라보는 맞은편이 항시 허전하여
핑계인 담배 피워 물고 개미 기어가듯
삐뚤삐뚤한 글씨로 시를 쓰다가
꾹꾹 눌러 채우는 욕망 몸통
가래침을 뱉는 반복적 습관 따위
나 이제 꼭꼭 돌려 닫는 슬픔의 뚜껑
쓰레기통에 던져 넣어야겠어!

붉은 도마

# 후식이 있는 아침

밥상에 올라온 고등어가
둥기둥 거문고 소리 퉁겨낸다
탄주의 젓가락이 닿자, 물길 추억에 잠겨있던 고등어가
물길 밖인데도 흰 접시 위에서 상엿소리
풍진 가락으로 달그락거린다

그럭저럭 살아온 절반의 생이 부끄러워
손끝을 고등어 살점 속에 밀어 넣으면
식구 중 누구보다도 짧게 남아있는
이생의 시간, 당당한 가장이 될까

언 밭고랑 파놓은 구덩이에서
시퍼런 무를 찍어내던 죽창의 손놀림처럼
거문고의 힘살을 힘차게 뜯는다

반 듯 이 누 워 서 맞 이 한 죽 음 만 나 기 란
어 디 그 리 쉬 운 일 이 랴

눈 내린 솔숲에서 얼어 죽은 새의 몰골도
다 비스듬히 모로 웅크리고 누워
한세상 하직하던 것을, 버릴 것 다 버린

사람의 주검이라야 반듯한 법이라는
욕망에 관한 염장이 이모부 생전의 설법이
타이름으로 귓가에 윙윙거린다

아내고 아이들은 그냥 바라볼 뿐인
등 푸른 고등어 앞에서 반듯한 주검을 꿈꾼다
식사를 가장 먼저 끝낸 나는
번들거리는 입술의 식솔들에게
잘 익어 맑은 날 동해의 일출 같은
날 선 파도 빛 무쇠칼로 쪼갠 수박 한 쪽씩 나눠주며
조금은 비릿해서 신선한 아침을 기다린다

붉은 도마

# 오동나무 · 사랑法

1

한 겹 옷을 벗듯 살갗 드러내는 오동나무, 서리 내린 가을 길목에서 만나면 만지고 싶다

잎 지운 뒤에도 추는 춤은, 남아있는 바람의 눈물을 닦아주듯이 젖어 얼룩져 있다

그대 눈자위 지워진 화장 다시 고치는,

그대는 잎이 없어도 여전히 아름다웠다


2

드문드문 잎 남겨진 나무에 쏟아지는 별을

떨어진 잎사귀들이 다시 덮고 있다

이승에서 보듬지 못한 한 사람 사랑 같은 빈자리

드문드문 남은 잎은 태반처럼 둥글어

슬픔의 흔적 위로 바람 그네를 걸어두고 있다

땅 위 혼자가 아니어도 같이 머물 수 없음에

그리움으로 애타던 사랑 공중에 매달고 있어

그래도 남겨진 그대가 있어 하늘은 아름답지 않은가! 라고

울음 말갛게 헹구고 날아가는 기러기 몇

얼핏 가지 틈새로 떴다가 천천히 사라지고 있다

3

늙은 오동나무 곁을 지나는 바람의 말

(우리네 사는 法을 일러, 날이 갈수록 속을 비워내는 거라는)

하모니카 같은 집들의 틈으로 나의 노래가 지상을 적시지 못해

고통 수렁에 발목 빠져드는 동안

땅을 딛고 일어서서 한 걸음씩 옮기는 오동나무 그림자

그 곁에서 깨금발로 건너뛰기 하다 보면

좀 더 가벼워지고 싶은 생의 그늘이 아프다

(발걸음이 다 춤이 되는 일상이면 좋겠어! 불에 잘 구워져서 악기가 되기도 하던, 굵은 빗방울이라도 내리는 날엔 마른 영혼에게 그늘이 되었으면 해!)

늙은 오동나무의 기도가 가지 끝 무녀의 방울처럼 매달린 열매를 흔들고 있다

# 기침을 하다가

산비탈 조금씩 무너져 내리고
산새 울음 가까이서 들리면
영락없이 도지는 기침병
여간해선 감기도 앓지 않는 체질에도
4월은, 복사꽃 뜰에 무릎 꿇린다
곰곰이 생각하면 황사 탓도 있다
아내는 밤새 시 쓰느라 줄담배 피운 탓이라지만
시보다 사실은 소곤거리는 나무들의 소리
잠 못 들어 뒤척이는 지상의 외로움들
귀 세우고 듣느라 밤 지샌 것
나의 기침은,
한때 여염의 여인을 사랑하여
몰래 정 나누다가 발각되어 참수 당하였거나
소정방의 무딘 칼날에 베어진, 변방을 지키던 어느 병사
어머니! 마지막 외침 소리와 함께
잘려진 바로 그 목울대 근처가 가려워
환생의 뜰에서 토하는
단말마의 외침이 아닐는지,
4월, 나의 병은
시럽 몇 컵으로는 다스릴 수 없는 고질
사랑하는 사람의 걱정이 담긴 봉투의 약
청람 빛 알약과 함께 번져가는
그대 알싸하니 그리운 향기

198

# 평창강 겨울

가로수 아래서 쓸리는 낙엽으로 구르다가 불려간다. 더 이상 앞으로 나아갈 수 없을 정체된 막막한 길 위에서, 숨 가쁘게 달려온 시간을 데리고 간다

돌이 녹슨 등 떠미는 겨울 강엘 간다. 맨발인 사람은 맨발인 채로 운동화인 사람은 운동화 신은 채로, 발등에 새끼줄 칭칭 묶어주던 강

건너야 할 강의 얼음 단단함이 내내 궁금하여 확인 차 던져내는 돌들, 추위의 칠성판 위에 납죽 엎드려 있는, 쩡쩡 기지개 켜고 있는 평창강엘 간다

성긴 머리 풀고 일어나는 바람은 풀의 뿌리까지 얼리려 들고 어서 건너오라 손짓하는 갈대의 풍경이 아늑하다

강 건너 마을 저녁연기는 추위 속에서도 감싸 쥐던, 돌창과 방패 얼어붙은 얼음 위에 놔두라 한다

흐린 하늘로 엉킨 실타래 풀어내듯, 씨로 쓸 짐승 몇 마리와 마음심지 하나면 되리라고 봉화로 알려오는 겨울 아버지의 강

무게 지웠던 삶의 흔적들조차 연기로 풀려나고 있다

# 김 씨의 초상
### - 친구, 주형에게


안이 밖이 되는 소망으로
성에를 불고 문질러야 싱싱한 얼굴
저녁에 그것보다 새벽 띄엄띄엄
집들의 불빛 리듬 피어나서
눈썹 더 시리다
배경의 집들 담이 높을수록
김 씨의 빠른 장단에 둔감하지만
빙판길을 끌고 달리는 수레
두 줄로 박혀진 바퀴자국에는
거리의 차이가 없다
내게 사랑하는 법을 가르쳐주는 목청
김 씨는 삶은 잔재주 피워서 될 일 아니라며
싱싱한 배추며 무를 싣고
추위의 새벽 불빛 속을 달리고 있다
밖이 안이 되는 두 줄 소망이
선명하게 그려놓는 구륵의 길
선과 선의 틈새에 쌓여지는
얼음두께만치 선명한 콧날 드러내는
김 씨는 불공평이란 말조차 모른다
겨울 창에 이마를 대고서도

밤새 시가 안 써지던 슬픔의 그늘
입김으로 문질러 지우지 않아도
해는 떠서 김 씨는 지워지겠지만
산동네를 미끄러지듯 내려가는 수레
그 뒤에 남겨진 초상은
대충 살아온 내 혼탁의 시에
싱싱한 무청을 달아주고 있다

# 겨울 속리산

말로 다친 상처를 지워내려면 침엽수림엘 가야 한다

인적 끊긴 소한의 자정 부근이면 더욱 좋겠지
솔잎에 매달린 고드름들 수북한 쌈지의 바늘이 되어
한 사내 가쁜 호흡 속으로 떨어져 내리는
문장대 가는 길, 그 적막을 만나볼 일이지

바스락거리는 산짐승의 배고픔도 만날 때
지워야 할 것들의 목록이 선명히 떠오르게 되는
겨울 산행, 그렇게 걷다가 눈 내린 법주사
대웅전 찌그러진 문짝 틈새로 새어 나오는 빛에
반짝이며 날아오르는 눈발 볼 때쯤이면
어렵던 장자의 한 문장도 어렴풋이 이해되지

(말을 사랑하는 사람이 광주리에 말똥을 받고 동이에다 오줌을 받아
도 주었는데, 그때 모기나 등에가 말 몸뚱이를 물면 사람은 그 말의 아픔
을 걱정하여 그놈들을 때린다 한다는, 그러면 말은 놀라 재갈을 끊고, 주
인의 머리를 차고, 그리하여 주인은 가슴을 다치게 된다는, 원래 주인은
지극한 바가 있었으나, 한때 부주의로 도리어 그 사랑이 허사가 된다는)

장자莊子의 한 대목이 나를 불러들인 겨울 산
생각이 문득 뇌리를 스칠 때
무릎까지 차오르는 눈 속에서의 걸음은
아무 말도 필요 없어져 되돌아 내려오는 길
침엽수들 매달고 있던 예리한 얼음조각에
살갗이 베이는 아픔 느끼게 되지

가벼운 바람에도 들려주던 말의 허무
더 이상 다가갈 수 없는 사랑으로 다친 가슴은
숨죽이고 나비처럼 발걸음 옮겨야
저만치 피해가는 눈보라

갈기갈기 찢긴 세속의 육신 치유하려면 겨울 속리산 침엽수림엘 가야
한다

희미하게 사라져 간 말 울음소리가
나뭇가지에 닿아, 아린 귀 날렵하게 도려내는

# 청단풍

기어오르던 자벌레 한 마리 고치의 집 속으로 들어가 버렸다
거실의 단풍나무 악쓰며 잎 늘어뜨려
창틀에 퉁겨 오르는 빗물 받아 마시고
게으른 내 삶의 척박한 방식 앞에서도 자생의 목숨 꿋꿋이 버티고 있다
가끔은 커피잔 헹구어낸 물도 받아 마시긴 했겠지만
어쨌든 온몸의 잎이 푸르다

십자가 같은 버팀목에 매달려 고개는 한쪽으로 기울어 있다
그녀의 음부는 목이 말랐으므로, 물을 빨기 위해 무성한 잔털로 휩싸
여 있을 것이라며
원예 선생님은 날더러 마사토를 들어내고 그 뿌리털들을 잘라주라 한다

구워낸 황토반죽도 발라주라 하신다
상처에 약을 바르듯이 넓적한 잎들 모조리 훑어주어야
작고 어여쁜 잎이 돋을 거라 가르쳐 주신다
그 후로 내 사랑의 열병은 상처에 대한 연민 같은 것으로부터 시작된
다는 걸 알았다

사실 얼마간 턱을 고이고 있다 보면
나무란 집 밖에서 자라게 해야 한다는 생각에 도달한다

그러나 차마 어쩌란 말이냐
지금 창밖은 눈보라의 하늘인 것을,

묶인 피복선은 벗겨주지만 함부로 내어놓을 수 없는
밖의 한파, 틀어 올린 머리에 빗질하는 마음으로 조만간 산발의 물오
른 숲으로 나무 너를 돌려보내야겠다고 장자莊子의 문장文章으로 겨울을
달랜다

피복의 철사지만 굵어지는 피부에 박혀 들어
물관부 근처가 근질거리는 저녁이면
상처의 깊은 곳을 서로 들여다보는 사랑을 하고 싶다
온몸의 피 다 말리면 가벼워질

# 목련

생장점 멈춘, 아랫배 볼록한 사내가 사는
아파트 2층 창문까지 목련은 솟구치듯 올라와
한여름 매미 소리를 녹음기로 들려주며
너무 쉽게 수직의 상승을 꿈꾸었다고
땅 위에 넓힌 반경만큼이나
뿌리 또한 단단한 돌을 감싸 쥐기도 했었다고
끊임없이 조잘거리고 있다

땅 위의 모양으로만 불안하게 생각했었던
지난 시간을 왠지 쑥스럽게 한다
네 무성했던 잎의 시절에도
방 안에 갇혀 두터운 울타리 한 겹 더 눌러쓰고서야
안도하던 한 사내에게 고독이 무엇인지
시집詩集 크기의 넓은 잎으로
넘기는 책장 속에 빗소리 우박 소리로
이슥토록 잠 못 들게 하더니

얼어붙었던 창문을 열고 내려다보는 나에게
스스로의 위치를 점검하게 하는가
찬란한 봄날을 위한 꽃잎

피고 나면 금세 뚝뚝 떨어질 것을 아쉬움으로 예감하지만
웅크리며 아랫배만 불려 온 사내에겐
날렵하게 뛰어내릴 자세로 교정하라는
여름 한 철로 생 마감한 매미 허물 보여준다

어여쁘게 엄숙한 겨울나무여
화석에도 선명히 찍혀 나오는 그 순결에 가까운 꽃잎은
단단하게 가지마다 매달아
손톱으로 눌러보면 움츠린 꽃잎 조잘대는 소리
겨울 창 성에를 녹이는 나무여

봄인가 싶어 문밖으로 무심코 고개 내민
한 사내 게으름의 추락을
솟구쳐 오르는 투망의 자세로 다 받아줄 자세다
갑자기 온몸이 스멀스멀해져서 팔 벌린 채
뛰어내리기라도 한다면 흰 솜이불 덮어쓰고라도
튕겨 올릴 용수철의 자세로 가지를 뻗고 있다

# 창가에서


산호랑나비 앉았다 날아간 창틀에
미세한 살가루 날린다
그 살가루 고운 입자의 틈새
어디론가 무리 지어 떠나가는
얼핏 야생의 누 무리가 보인다

대양을 건너온 억센 날개
간혹 그 나비 한 번의 날갯짓에
뒤바뀌는 시간과 공간의 원리들조차
저 살가루 속으로 둥둥 떠다닌다

사랑한다고 써내려가는 잉크가 마르는 순간에도
핸드폰 자판을 쿡쿡 누르는 동안에도
겁 없이 내 코끝을 스치는 나비
미동도 않던 창밖 낙엽송이 그늘을 주기 시작한다

날아서, 팔랑팔랑

떨어지는 잎들 틈에 생겨나는 슬픔의 무리
자라는 새순에 내려앉기도 하다가

멀찌감치 뿜어내는 나의 담배 연기 속에서도
떼로 몰려가는 허기진 무리 공룡도 보인다

쿵쿵쿵 세상은 미세한 그리움으로 변해 가는 것임을
발 구르며, 내 그대 향한 사랑의 감정들도
언젠가 변해 갈 것이라 단정하지만
이스트 넣은 밀가루 반죽처럼
부풀려지고 있다

나비, 떠나고 남은 빈자리

# 장난감에 대하여

1.

어지럽다. 아이들이 잠들어 있는 일요일 밤 11시 한낮 동안 나를 쏴 쓰러뜨리기를 수십 번 머리맡에 장난감 펼쳐두고 전쟁놀이하다 제풀에 지친 아이들이 잠들어 있다

어지러운 머리맡 돌아가는 시계가 토끼풀을 키우고 내 유년의 놀이 한 자락 꽃 대궁까지 시계를 거꾸로 돌리면 고무신 트럭을 몰아 쌓던 모래성 속으로 허물어져 빠져드는 시간

강물이 흐르는 동안 너에게 채워준 풀꽃시계 지금도 잘 돌아가고 있는지, 궁금하다. 그녀의 엉덩이 또한 펑퍼짐해졌는지 일찍이 너에게서 배운 기다리며 사는 법이 무색하다

기관총이며 신무기를 들고 덤벼드는 아이들 앞에서 넘어져 주기를 수십 번 그러나 끝내 기다려야 한다. 지쳐서 쓰러져 네놈들 잠들 때 내가 너희들 앞에서 얼마나 서정적인 장난감을 신상품으로 건네줄 것인가는 무수한 추억의 갈피들을 넘겨보아야 한다

도무지 녀석들 즐겁게 해 줄 방도가 잘 생각나지 않을 때 지구본 어디쯤엔가 벌어지고 있는 전쟁 그 두려운 장면이 머리를 짓누른다

2.

월드뉴스가 끝나고 강대국들 설쳐대다 잠들면 두루미 떼 기름 외투를
두른 채 말라가는 해변

계엄령은 눈 속에서만 내려지는 줄 알았는데 사막의 열기 속에서 은빛
으로 번쩍인다. 머리맡에서 정규방송이 끝난 티브이 그 곁 태엽 풀린 전
투기며 신종헬기들 지상의 평온한 잠을 깨우던 폭발음

녹슬고 있다. 추위가 그려내는 성에꽃 유리창 날 선 창 들고 수렵하는
사내 몇 강물 꽝꽝 울리며 고기를 쫓아 고기, 네놈이 지칠 때 얼음 깨고
찔러대는 창날

내 유년의 평창강은 잘 있는지 궁금하다. 어설픈 덫에도 걸려들던 산새
들 내게 체온 감지하는 법 가르쳐 주었지. 움켜쥐었을 때 느껴지던 따뜻
함을 이 시대 아이들은 얼마만큼 공감할까

3.
장난감 가지고 놀다 지겨워져 글씨를 읽기 시작하면서 아이들은 경제
를 배우기 시작한다

대재벌게임이라고 하는 놀이 기구 이마 마주대고 앉아서 화살바퀴 돌린다. 자본을, 어느 나라 별장과 호텔에 투자하기도 하며 은행대출을 받아 동산과 부동산을 확보한다. 자신의 영역에 타인의 화살표가 걸리면 사용료를 받아내야 한다. 가끔 너무 많은 부동산 구입한 관계로 부도 만나기도 하지만 약을 대로 약은 아이는 현금과 건물과 땅을 적당히 보유한다

나의 어린 시절 자치기 혹은 땅따먹기 겨울 언 땅 위에서 펼치던 탓에 노동의 손등 얼어 터지며 자신의 땅 넓혀 가던 놀이를 즐겼는데

우리들의 아이들은 금융기관을 이용하고 알맞은 길목에 덫 놓아 적이 걸려들기를, 상납받기를 꿈꾸고 있다. 아이들 게임에 끼이면 영락없이 부도다. 물려받은 재산도 없는 아버지는 빈털터리가 되는 것이다

# 동행同行

아직 이름 쓰이지 못한 기와들은
마당 한구석 꽃밭을 점령한 채
기러기 하늘 아래 겹겹 쌓여 있다
진회색 사랑 눈빛 건네고 있다
길은 어디에든 있다며 살아온 내게
젖은 날개 흔드는 기러기 몇
묶인 마음도 나란히 풀어놓고
이승엔 그냥 그렇게 살라 한다
황급히 방향 틀며 날개는 꺾는 폼이
출구 잃고 두리번거리지 말고
축성식 앞둔 산신각 앞에서
시퍼런 기와에 나란히 이름 올리라 한다
방황했던 날들은 까마득히 지우고
코스모스 여자와 별 바라보기로
한세월 그렇게 살라 한다
진흙길 헤매다 어두워진 진창의 발
서로의 몸 구석구석 찬이슬로 씻겨주며
서릿발 말리는 바람 속에 살라 한다
은하쯤 올려다보며 속삭이기도 하다가
지붕 어느 모서리 박혀도 무방한 사랑
너와 나 어떤 의미의 별로

## 수상가옥 水上家屋

유목민의 핏줄 깊이
한 사내가 내려놓은 집은
오래 머물 양으로 지어진 것 아님

부레옥잠 가시연꽃이 그러하거늘
바람에 조금씩 떠밀리며
어린 물고기들에게 그늘 만들어 주는 것

타는 햇볕으로 몸이 달궈진들
막히는 숨통 끝, 작고 여린 꽃 피워
벌레 같은 시 몇 편 남기는 일은
본시 없는 집에 연연할 까닭 없는 슬픔도
둥둥 띄우는 것

이유가 더 이상 없는 삶에도
한 사내, 물 위의 집에 머물러 있음은
청개구리 울음 끝 번지는
비와 바람이 일으킨 물결 위에
뿌리를 떼어주기 위한 것

미련 없이
그리곤 넌지시 바라보기 위한 것

# 저무는 풀밭

칠월 염천炎天에 달아오른
아스팔트길 걷다가 풀밭에 발을 담근다
바람 앞에 각기 다른 모양으로 눕지만
일정한 방향으로 일어나는 풀의 군무群舞여
어깨에 얹힌 이슬 무게로 짐작하던
그런 봄날 아침은 지난 지 벌써 오래
강아지풀들 씨앗이 여물고 있다
활처럼 몸 휘어 검은 길 저 건너의 영지에
분신 하나 발아시키는 풀들
유연한 몸의 탄력 앞에서
뼈다귀 이미 노쇠老衰한 나는
짐승의 사타구니 털에라도 붙여서
검은 경계 너머로 슬금슬금 넘보는 땅
아스팔트길 건너 터벅터벅 걸어가는
늘어진 여름 그림자 어깨에도
이젠 기대고 싶어지는 나이
살아온 날들에 대한 내 반성이 그러하듯
발길에 풀들은 온순한 목을 내어주고 있다
긴 장마로 우울했던 바람 툭툭
걷어찰 때마다 등 떠밀며 우우
잔잔하게 다시 일어서는 풀들

# 유산遺産

덫이 놓인 길도 언제나 매끄럽고 순탄하라며
물안개 희미한 시야도 열리라고
어머니가 종이우산 하나 남겨주신 걸까
빗속에서 펼치면 눈썹 끝이 가려진다
치맛자락으로 이끄시던 어머니의 길
행상 다니시던, 당겨진 삶의 근육질이 팽팽하다
물려받은 것이, 물려줄 것이 이것이 전부라며
연약한 어깨 씌워주기 위해
낡아져 버린 마디마디의 뼈를 들여다보는 시간

이제 녹말조차 말라 버렸어도 의미가 되어 남겨진 우산
그늘에서 자란 고사리 같은 번식
잎 펴지듯 이제 누군가의 젖은 어깨 씌워주려
나 이제 자욱한 안개비 속을 걸어가야겠다
들깨 밭 가로지르는 황톳길에서도
내팽개쳐 버리지 못한 슬픔이
붉은 그림자로 발목을 잡더라도

# 하늘엽서

뭉게뭉게 함지박 가득 밀풀 끓여 놓고
구름 떼 지나간
초겨울 하늘에 풀을 바른다
미닫이 격자문 다 떼어내서 빈틈없이 바른다

오래오래 정착하여 살 것도 아닌데
전셋값이 오르면 먼지처럼 밀려날 텐데
아내는 부서진 문살 몇 개도 갈아 끼우자 한다

가지 끝 매달린 홍시같이 시린 아내의 손
문고리 근처 추위에게 건네는 다감한 회유,
지난 우기의 흔적 말끔히 지우고 있다

시집詩集 갈피에 말려둔 팬지 꽃잎을 손잡이 근처에
곱게 펼쳐 놓고 있다

방관의 헛기침 일삼던 내 반성의 대팻날
세우기도 전에, 엽서의 문들이 꾸역꾸역
삼키는 삼겹살 같은 저녁노을

이젠 내가 저 문들 하늘에 달아주어야 할 차례,
어둠 삼킨 겨울 집들의 불빛이 등대처럼
환하게 비치길 꿈꾸며

# 물방울 호텔

1.

푸성귀 저녁 밥상에 식구들 밀쳐 두고 커다란 몸, 물 저장한 어항 앞에서 나는 사치를 꿈꾼다. 열대어들 헤엄치느라 분주한 유리우주 같은 커피숍, 공급되어지는 산소가 참 푹신해! 탯줄 타고 스며드는 기포의 꿈 만 나려 간다. 물고기들 뽀글뽀글 입술에 부서지는

갑자기 증발하고 싶어지게 하는 집들 불 밝히는 저녁이면 문턱 없는 둥근 문 하나를 밀고 들어가 창문에 걸리는 물방울 엘리베이터 타고 어디론가 오르고 싶은 것이다

어항 속을 유심히 바라보는 동안 찬란한 물고기의 배설물을 분주히 삼키는 물고기 그런 놈도 슬슬 헤엄치고 있었다니! 설마 나를 닮은 건 아닌지? 삶의 무게가 일정해 보일 거 같은, 기포에서는 누구도 가벼워지는, 물속에 이룬 또 하나 공기의 집이 참 가볍다

2.

유리창 너머로 히말라야시더가 받침목의 부축을 받는 동안 눈 녹지 않은 음지까지 내려다보인다. 히말라야쯤에서 달려온 승용차 문이 열리고 등장하는 빛나는 안경테의 여자 검정 외투를 지금 막 벗고 있다

밖은 어둠이어도 언제나 달빛인 투명함의 안쪽 입술 색정적으로 오므릴 줄 아는 그녀를 기다리는 일이 즐거운 일이 되어 버린다. 그녀가 주문한 한국산 사과 주스가 잔 바닥 드러낼 때까지 소리 내어 빨아먹은 내 알

뜰함이 부끄럽게 한다. 그녀의 주스는 적당량 남겨지고 정말 아랫배는 냉동사과처럼 싱싱할까?

꼬리지느러미 퍼덕임이 아름다운 물고기 몇 헛물켜는 내 시야를 슬몃 가리고 지나간다

3.
산다는 것은 빈 의자 하나 남기는 일. 한세상 향기로 살다 간 사람들 보존된 생가의 유품들이 그러하거늘, 한 사람이 사람을 만나서 사라지고 나면 덩그러니 남겨지는 빈자리

건물 외벽에 투명하게 매달린 사각의 링 같은 엘리베이터가 수시로 오르내리고 끊임없이 어디론가 체온을 식히러 분주한 비상계단 또한 은밀한 시대를 짐작케 하는가

무슨 멍석말이 회사 부장쯤은 되어야 드나드는 줄 알았던 호텔, 물방울 그거 별것 아니군! 설치된 공기살균 정화 장치가 과연 얼마나 제대로 작동할지가 궁금한, 상냥한 미소의 접대에 추가 계산될 지폐가 낯부끄럽게 하는,

놀라운! 앉았다 떠난 뒤의 빈 의자들, 끊임없이 허무를 제공하기도 하지만 호텔은 성업 중이다. 뽀글뽀글 어디론가 솟구치고 싶은 욕망을 만날 수 있으므로

## 어설픈 희망

무늬 없는 화병 하나 창틀에 놓여 있다
예감은 늘 그러하듯 추월 배경으로 위태로운 유리창이
화병에게 귓속말을 건네 온다
울타리 높은 집에서 개나리는 피는 것,
겁 많은 아내가 꺾어 온 아직 피지 않은 앙상한 가지의 꽃눈은
내가 절망의 눈짓을 수없이 보내도,
감별 없는 희망의 아이들 내려다보며 즐겁기만 하다

성급하게 피었다 시들 것 생각하면,
얼마 못 가서 병아리 장례 지낼 것을 생각하면
창틀에 걸린 달빛 그림자는 슬슬 죽음 냄새를 풍긴다
'희망 없음' 이라고 암시를 던져도,
웅크리고 누리는 가난에 위로 삼아 건넸던 말들,

관습에 젖어 있었던 말들조차 부끄럽게 한다
한 접시 물을 채워주며, 삐약 삐약 내가 내린 주의사항도 무시하는 아내와,
한 줌 모래도 미끄러운 장판 병아리 발밑에 깔아주는 아이들……,

얼어붙어 있던 나의 혀
갈증으로 텁텁한 부리의 틈새는

아내와 아이들 잠든 후에야 녹는다
슬며시 내미는 병아리의 혓바닥처럼 다감해져야 벙그는
개나리꽃은 "정말 희망 있을까?"라며
내가 인기척을 보낸 뒤에야 피기 시작한다

창틀 위에 얹어둔 노란 희망은
무늬 없는 균열의 화병 첫 번째 꽃잎 속에서
상처의 새살처럼 돋고 있다

# 눈 내리는 옛집

강냉이밥 배부른 맏형의 하품 속으로
무릎베개 펴 놓으시던 할머니
정선아라리 가락이 재를 넘어 온다
문설주처럼 서 있던 뽕나무 흔들고
불길 드나들던 구들장마다 오소리며 담비가
새로 이주해 온 이웃인 양 기웃대는 그곳
저녁에 오는 눈은 낙하산처럼 내린다
무장공비 토벌대가 묵어가던 옛집
칭칭 거미가 지은 창 맑은 처마도 붐빈다
더러 일찍 사랑을 배워 먼저 녹은 눈은
사금파리에 맺힌 이슬처럼 반짝이기도 하는
폐허의 옛집에 가면, 눈발은 바람에 쓸려서
낮은 곳부터 채워 주느라 분주하다
식구들 생계를 위해 탄 캐러 간 아버지의 팔
근력이라도 확인하려는 걸까
나뒹구는 푸슈킨 현판 액자 글씨 위에도
노여워하거나 슬퍼 말라고 눈발은
깨어지고 그을린 곳곳을 서성이고 있다

# 월포리 月浦里

날 선 조선낫처럼 휘어진 해안에 달빛의 밑동이 잘려지면 둥근 각도에서 그리움은 흰색 포말을 꾸역꾸역 게워낸다. 좀 더 그리워해야 할 시간이 너울 파도 위에 떠 있지 못하고 모래톱에 끌어올려진 걸까? 녹스는 목선 한 척 늦도록 정박해 있다

붉은 도마

한 여인의 당겨 묶은 검은 머리 그리고 은빛 머리핀 그 아래 늘어뜨린 목의 곡선이 또한 그러하듯이, 낡은 그물과 갑판 엉켜 붙은 생선의 비늘이 다 말라가는 동안, 폭염 피해 떠나온 몇몇 사람들 닻줄에 젖은 옷을 널고 있다

대팻자국 선연했던 날들을 추억하는 거라고 듬성듬성 핀 달맞이꽃과 함께 하루 종일 지켜보아도 그 배의 출렁임을 보지 못했으므로 그냥 썩어가고 있다고 생각되는 해변, 그리움에 지치거나 목 타던 사랑이 풍장으로 말라가고 있다

비린내뿐인 삶, 닻줄조차 말리는 거라고 미역줄기처럼 물살에 씻기며 바라보다가 다시 배 띄워야 할 시간 알게 되는 월포리

희망 없어도 살갗은 파도 결로 벗겨지고 여름 참 잘 보냈다는 생각이 어깨에서 허리까지 손톱 같은 달을 밀어 올린다. 굽은 해안은 한때 내가 그리워하던 사랑의 목선木船 지금은 새까맣게 타버린 살갗의 허물, 새살을 달맞이꽃이 밀어 올리고 있어 이젠 다시 사랑할 시간이 다 되었음을 알겠다

# 치자꽃이 붉다

꽃은 언제나 붉었다
먼지 뒤집어쓴 봉제공장 담벼락
노란 기억을 물들이던 치자꽃은,
콘크리트 땀구멍 속까지
원망의 몸짓으로 스며 있다

크레파스로 그려진, 이 꽃은
지나온 모든 길을 붉게 만든다
손톱까지 갈리우며 그려지기라도 한 걸까
분노며 절망까지 삭여낸 것이 분명
심상치 않다. 누가 그린 걸까 알 순 없지만
어머니 품을 그립게 한다

들여다볼수록 생피도 솟아나서
분명 노란 태생이 피워낸 꽃잎임에도
그려진 이유와 함께 떠오르는 태양
가끔은 자유롭게 떠나고
자유롭게 돌아오지 못한다고
살 태우며 살지 못한다고 나는
스스로 삶을 원망하는 몸짓도 보여 왔지만

숨통 트이는 힘이 느껴지는 것이다

봉제공장 누이들 야근의 물기 마른
눈곱 달라붙은 눈으로 바라보았을
땀내의 휴식 순간들도 떠오르고
피곤 잠시 뉘러 귀가하던 발걸음 생각하면
부끄럽기만 했던 세상사들도 가벼워진다

욕망의 살갗조차 태워 붉은
치자꽃 그림 제대로 그려보지도 못해도
어머니가 빚어서 물들이던 떡처럼
길은 이곳을 지나서 흘러간다
점점 붉고 말랑말랑해져서

# 야행夜行 · 1

불 꺼진 그대 방을 올려다보다가 부엉이 소리 밟고 되돌아오는 길 위에서 추억은 달빛으로 밝힌다. 어둠 속에서 선인장이 꾸는 꿈은 천장의 백열등을 향하더라도 단지 더듬거리다 넘어지는 바람의 손등, 아픔이 남는다. 오랜 시간 지나면 그대도 점점 선명해지는 상처가 부러진 가시 몇 개로 남아 있으리란 걸 잘 알면서도 기어드는 가시덤불이여

빈방에 돌아와 생각한다. 열린 창문 틈으로 나방을 불러들여 필라멘트 끊어진 전구 주위를 맴돌게 하는 영혼의 흰 날갯짓, 잘 익은 수박 속 같은 아침이 되어서야 선인장 가시에 찢긴 날개옷 처량한 가시에 살점 묻어 있을 것임을,

이쯤은 되어야 하지 않을까 불 꺼진 방 수명 다한 바퀴벌레가 만져지는 방 안에서 목재의 갈라진 틈마다 욕망의 알을 슬어 놓고 부화하기를 기다리는 일이란,

# 쑥스러운 마을

누군가 어디를 가자고 하면
더럭 겁이 난다
시집간 적이 없이 마흔셋 된 그녀가
한적한 곳에 집 한 채 마련하고 싶다 해서
하릴없이 따라가 본 마을
제자 중 욕심 많은 녀석이 사는 마을
내가 키우던 치와와를 그 녀석 삐뚤어진 심사에
선물로 안겨 주었던 인연의 끈이 있긴 있는 마을

도시 외곽지 인근 군부대 사격장 총소리에
탱글탱글한 가지 탱자가 영글고,
한편에선 개들이 즐비하게 흘레붙는
기막힌 아이러니! 포성과 무관해진 저 스캔들
달라붙은 개들에게 돌 던질 아이들도 별로 없는
노인들 소복하게 모여서 쟁기질로 밭 가는

마을 촌집을 사려던 그녀가 어머나!
이 마을에 이사 오면 좋은 일도 생기겠네!
해서 길 가로막는 개들에게 경적 한 번 울리지 못하고
돌고 돌아 먼 길로 나온
왠지 익숙한 마을

# 알곤탕

1

알곤탕 먹으러 갈랑교!
처음 먹어보는 음식에 대해서
왠지 꺼림칙한 것을 자주 느끼는 나에게
익숙한 것에만 길들여지지 말라는 권유
당혹하게 그대는 입맛으로 유혹한다
알의 추억은 반숙에서 완숙으로 넘나들고
생선의 갈비뼈 깊숙이 옹송거리던
아버지 젓가락이 내 밥 뒤에 얹어주던
달빛 추억은 고소해져서
뭉클거린다

2

한번 먹어 보지요
따라나서 오르는 앞산의 길은 빙판이 깔려
몇 개의 알을 자꾸 아래로 굴리면서
꾸역꾸역 문 열고 들어선 알곤탕집
순간! 저 많은 어디에서 모여들었는지
수천 마리 생선이 될 알들
무자비하게 밥상에 놓이고 있다

아! 둥글어서 알임을 알겠는데
곤이라니! 창자의 어느 부위쯤일까
꼬불꼬불한 어쩌면 몸에서 나온 저 굴곡
눈 내린 고향의 산들, 등고선으로 씹히는
진한 겨울의 맛이 느껴지는

### 3
지금쯤 눈 내리고 있을까
강원도 평창의 구릉 진 궤적들
꼭꼭 씹으라는
그대 안 지 십년 만에 듣는 다정한 사투리
알곤탕 먹으러 갈랑교! 어색하지 않다
생소하게 들리지 않는다
덕분에 참 잘 먹었다는 인사를 하자
알들에서 부화된 식곤증 같은 새끼 생선들이
어둠 내린 앞산 식당가를 모두 삼키고
눈 내리지 않는 겨울 추위도 이겨낼
나의 뱃속 자양분이 되고 있다
꼬인 길도 밝히는 노란 달빛

# 겨울 가창골

얼음장 누군가 뒤집어놓아도
언 몸 찰싹 달라붙은 단풍잎
씻은 계곡물이 도시로 흘러드는 동안
몇 채 암자의 염불 소리 돌돌돌 삼키고
칠성판 아래 기포를 일으키다가
그 거품 다시 깨뜨리며 허무의 도를 일러
물거품이라 설법하느라 분주하다

커다란 돌 속 혹은 땅속 어딘가에
가부좌로 잠든 개구리 들고 있으리라
눈 뜨는 순간 뻗어오는 완력의 손길
새봄까지 숨고 쉬지 말고 웅크리고 살 일이
캄캄한 것을, 살아남고 볼 일인 듯
납작 보호색으로 웅그리고 있다

진달래가 벌겋게 북벽 달궈 줄 때까지는
발 빠른 사람들이 다녀가도
얼음장 뒤집어놓아도, 불 피워도
고개 처박고 나오지 말아야 한다
아내들로부터 사랑받지 못한 사내들

실직의 허기로 굶주린 사내들
봄이면 이곳에서 개구리 울음 즐겨 듣던
내 음악적 취향 따위는 안중에도 없다

잡아서 삶아 구워 먹을 생각뿐
신축 모텔들이 골짜기 메우기 시작하고
이 골짜기도 개구리 소리는 흥건하겠군!
몇 채 암자의 염불 소리 돌돌돌
허무의 도를 일러 물거품이라 말하지만
얼음장 단풍의 붉은 글씨에
개구리는 흐려진 눈꺼풀을 덮고 있다

# 군자란

여러 개 팔을 달고
불상처럼 축축한 땀내의 몸
서재에 아내가 놓아둔 군자란은
굵고 시퍼런 몸뚱이로
내게 흔들림 없는 군자를 이야기한다

뒤늦은 사랑에 정신이 팔려
인도를 여행하고 싶다고 떠들다가도
잎의 틈새 저 깊숙한 고행의 골짜기
시퍼런 강물에 손가락 담그게 한다

타고르와 나를 씻겨줄 나이란자나강
룸비니에서 안나푸르나까지 맨발로 걸어온
군자여, 군자를 닮은 꽃이여!

주입식 효과를 아내는 생각한 것일까
잎사귀 위풍에 나는 조금씩 주눅이 들고
섬약한 꿈이었을지도 모를, 인도에 가리란 생각을
접게 한다, 떠날 용기 없어 떠들고 다녔으므로
욕망의 잔가지로 무거워진 어깨
그만 내려놓고

꽃 피우는 군자란 들여다보라 한다

시를 생각하며 잠든 꿈속에
친친 여러 개의 팔을 뻗어 와
혈맥을 짚어내어, 변명처럼 중얼거리게 한다

삶 과 죽 음 의 언 저 리 제 대 로 매 만 지 는 일 이 란
아 직 꽃 대 궁 올 라 오 지 않 은 식 물 의 틈 새
애 써 벌 려 보 려 는 손 끝 은
무 모 함

군자여! 나 오늘 성급하지 않아서
아름다운 사랑을 너로 하여 배운다

## 산천어山川魚 생각

뜰채도 없는 아이들
주왕산 계곡에서 텀벙텀벙
게으른 놈이거나 제 꾀가 넘치는 놈이
운동화에 담겨져서
세속 도시로 왔다

몇 개월째 죽지도 않고 어항 속에서
유리벽에 이마 부딪는 증세를 보이고 있다
지느러미 시린 산천어에게 줄 물
아이들 성화는 며칠에 한 번씩
나를 계곡물 긷게 한다

그깟 물고기 풀어주면 안 될까?
달래 보지만 날더러 보수주의라나!
게으름도 스스로 무너뜨리지 못한다고
아내는 덩달아 야단이다
하여 꾸던 꿈이 아슬하다
어룽어룽 사랑도 그리운 가을 저녁 한때
냉장고에서 꺼낸 물을 부어주면 될까
꼭지까지 물든 감잎 띄워주면 될까

켜지는 가로등 골목길을 좌우로 구부리는
그런 생각 속에 살고 있는 산천어
언제쯤 몸을 활처럼 휘어
투명한 세속의 수면을 차고
어항의 벽 넘을 수 있을까

붉은 도마

## 상처, 뒤돌아보는

황토 비탈길 아니어도
넘어지기 일쑤이던 내가
오늘은 몇 개의 계단 오르내린 걸까?
도시는 얼마나 아름다운 미끄럼틀인지
넘어져 피 흘리는 무릎으로 들어서는 집
초인종 누르는 순간에야 알게 되다니!

느닷없이 반기는 도시형 아내는
구입한 참기름이 진짜인지
내가 촌놈인 것을 아는 탓에
냄새로 확인해 보라 한다
땀 젖은 발로 집에 들어섰을 때에도
벗은 양말 속 발 냄새도 알지 못하던
알러지 비염의 나는 은근히 붉어진다

숙제 안 해 간 일들이 후회막급
내가 다니던 금성초등학교 마룻장
졸업한 친구들은 모두 씽씽 잘나가는데
어머니 참깨 털어 손수 짜신 참기름
얼마나 많이 교실 바닥 마룻장에 쏟아붓고

마른 걸레질은 또 얼마나 무릎 닳도록 하였던지
가짜가 판을 쳐 아내가 나에게 확인할 때
진짜임을 말할 수가 없었던 것은
어쩌면 나도 진짜가 아닐 가능성이 크므로
깨어져 단련된 무릎보다 더 아파오는 건
묵묵히 회초리로 참깨 털고 계시던 어머니
쏟아지는 깨알로 더욱 미끄러운
남겨진 지상의 길들

# 붉은 도마

1.

꽃망울 눌러쓴 벗나무 가지 아래
일흔의 어머니 노전을 펼치고 있다
그 곁에 나도 쭈그려 앉아서
어렵사리 건물 사이를 헤치고 내려오는 햇살이
부르튼 살갗 문지르는 걸 본다

칼날이 비늘에 닿는 순간이며
분주했던 식욕의 생선 아가미도 툭!
숨 거두기 전 삼켰던 공기도 댕그랑

이왕이면 절도 있게 잘리려 안간힘을 쓰고 있다

도마 위 옆으로 쓰윽 끌리는 칼날에
햇살이 미끄러지면 짜릿해지는 풍경
내 묵상의 뒤꿈치가 비벼 끄는
담배꽁초의 해체보다 빨리

그녀는 협곡의 내장 술술 뽑아내고 있다

2.

능숙하다
경전을 펴지 않아도 설법은 이미

붉은 도마에서 한 발짝 물러앉은
나를 경배케 한다

늘 서설은 늦은 후회 위에 내리고
눈물로 흩뿌리는 소금 알 그 위를
얼마 지나지 않아 다시
분홍 꽃잎이 덮어줄 것을 예감하는 동안
허공 가르며 내려오던 칼날 번뜩!

아직 피지 않은 꽃망울들 움찔!

도회의 삶이란 생선의 내장 속 같아서
자주 비린 웅덩이에 발목이 잠기지
눈발을 가르는 등 무거운 칼
누군가 용도에 맞게 벼려 놓았군!

흔들리는 칼바람 한참은 더 바라보아야 할
가로수 꽃망울들
기다림 또한 능숙하다

　3.
발 시린 여자가
찬거리를 사러 나오면

신문지에 둘둘 말아
건네주는 바다

시퍼런 그런 궁리를 한 적이 있다

앗! 누구에게 한 생각의 실마리가 될
그런 시 한 편 제대로 써 본 적 없는 내가
마흔 중반 발목 시큰거리는 내가
어지러운 생의 후반부 지느러미 노곤함을
탁탁 봄날 예감처럼
도륙 낼 수 있을지

뒤돌아 설 수도 없이
앞으로만 달리다가
병상에 누워 계시다 어머니 떠난 뒤
어머니가 앉아 계시던 염장의 빈 터
좌판의 붉은 햇살자리를 넘보다니
왠지 낯부끄러운 하루여

# 허무의 구도

1.
누님 닮은 여자가 두레박을 던져
살얼음 우물의 물무늬를 건진다

목이 유난히 길어서 잘 어울리는
호피무늬 머플러, 표정은 생글생글
살짝 불어온 삭풍이 치마를 들어 올려도
허리 굽혀 연거푸 길어 올린 물에
달아오른 얼굴을 씻는 그녀,

누님의 순수 찾아 볼 수 있을 것 같아
다가갔더니, 마음까지 손 집어넣어 뭉개 놓고는
그냥 가랜다, 혼자 살라 한다

어처구니없게도
나는 또 당했다
자꾸만 호피무늬 보고 싶도록

2.
오리나무가 저녁 숲을 더욱
슬픔 버석거리는 숲으로 만드는 줄을

그녀를 만나서 난 알았지

검고 음습한 숲이었네,
그녀가 나타나기 전엔 온갖 잡새와
키 작은 짐승들이 나부대고 있었지

호피무늬 머플러를 두른 그녀는
정글의 제왕처럼 당당해서
정중하게 언제나 특실을 안내받았지
디저트로 커피 마시는 저녁은 춥지 않았지

곁에는 호피무늬 그녀가 있으므로
그녀 간혹 자신의 호피무늬 머플러를 매만지며
생각에 잠기지, 이 머플러로 네놈의 목을 묶어 개처럼
이리저리 끌고 다녀보는 것도
괜찮겠군! 이라고

나의 낮은 어깨 두드리며 내리는 눈
폭설에도 오리목 숲은 끄떡없는 의지로 서서
내리기만 내려 보라지!
오리나무는 퉁겨 올리는 연습 중

점 점 점 눈발이 마침내
세속의 도시에도 내리고
주택가 가로등 골목길에서도 바람은
으르렁거리지!
그녀가 묶어준 호피무늬 추억 빛깔로

붉은 도마

# 찻집, 古都의


눈이 올 것 같은 날에도
고도의 흙벽은 말라가고
물 주지 않아도 여전히 잘 자라고 있는
찻집의 백 년쯤 묵은 사철나무는
갈증 난 목젖까지 적셔 주려
유리창에 혀를 들이밀고 있다

삐걱이는 목조계단 올라가면
알맞게 뚱뚱한 중년 여인이 걸어와
순수혈통 검은 머리카락이 예찬 된다

주인인 그 여자는 신라 토기 문양
한때 이곳이 대갓집 별당이었던 자리라며
정원의 나무와 연못은 그대로 두고
집만 헐고 다시 지었다고
고도의 찻집을 소개하는 동안
내 상상은 타임머신, 먼 과거로 간다

冬至의 밤 수놓으며 지새우는 그녀는 별당아씨
나는 부질없는 돌 쌈지의 사내

밤 뻐꾸기 소리 내뱉는 내게 그녀 눈물은
오랜 세월 지나 오늘의 내 고백도
받아주기라도 할 것 같은
이루지 못해 안타까웠던 사랑의 표정이다

사철나무 이파리와 몸 섞고 있는 개나리 친구들

나 그대 사랑임을 믿어 의심치 않는다며
물레방아는 겨우내 돌고 있다

나의 것일 수 없는 사랑 또한
아름다울 수 있는, 고도의 찻집에 가면
흐린 날에도 흙벽은 말라가고 있으므로
삼키는 한 잔의 차는
오래 발효된 눈물 맛이다

# 희석의 방식

1
아스팔트에 데워진 비가
정오正午 히말라야시더의 거리에서
땀 젖은 머리카락을 흔들어 턴다
가도街道 저편 휘파람 슬슬 불며 걸어가는 사내
고독은 침엽수를 흔들고 있다

누굴까? 어디서 본 얼굴이다. 종이컵 먼저 떨어지는 소리 덜컥! 들리고,
비도 그치고, 뼛가루에 가까운 마른 양식이 견고하게 짜인 처마 밑 상자
안에서 물에 희석되어질 때 내 심호흡이 들릴까. 잠시 나를 너무도 닮은
그는 어쩌면 나를 떠난 나라는 생각……,

자동판매기에 들어있는 일정량의 속이
문득 비어 있지나 않을까 궁금하다

혼자 마시는 뜨끈한 정오
내몽고 지방 어느 부족의 죽음은
토막 내어 조장鳥葬을 숭배했다던가
아프게 느껴지지만 그 지독한 간지럼
새의 부리들이 살갗을 파고드는

그런 해체의 즐거움이라니!

뜨거운 혀가 감아내는 커피
딸꾹질이 달라붙어 숨이 막혀도
확, 죽음의 향기를 쏟아놓고 말 것처럼
눌러줌의 습관을 잘 아는
구멍은 끊임없이 유혹한다


　2
　밀크+커피+설탕의 방식이 지루하면 밀크+커피로 눌러보다가 커피+설탕으로 눌러도 됨을 제공한다 그래도 지루하면 탯줄 잘린 배꼽 근처라도 눌러 보아야 직성이 풀리게끔 끊어야겠다고 다짐을 하지만 구멍 속에 넣고 선택할 수 있다는 그 맛! 우기의 거리에서 한낮에 즐기는 나의 외도를 집의 아내는 모르리라

　짐작이나 할까. 자연식을 권장해 온 그녀는
　절박함뿐인 그물망 같은 정보의 틈 속
　알맞게 말려서 구워서 빻아서
　물 위에 둥둥 띄워지는
　내가 그런 맛 좋은 시를 생각한다는 것

희석의 방식에 대해 슬쩍 버튼을 누를 때
심심풀이로 선택받을 수 있는
그런 자판기의 삶이여
알고 보면 부드럽고 새로워지는
뭐! 그런 엿 같은 삶의 버튼
시의 버튼 하나를 가지고 싶다

# 수성못 연가戀歌

출렁임 속도로 보아
물 깊이가 짐작되기도 한다

불빛과 함께 흔들리는 꽃잎
그대 마음 깊어지기 전에
그물을 던져야 하는 것

붉은 도마

벗나무, 느티나무, 이팝나무, 개나리
알 수 없던 마음 깊이조차
물 위 누워 떠다니고 있음을 어쩌랴

일렁이는 불빛 물고 튀어 오르는
욕망 물고기도 더러는 보이지만
저 물의 깊이는 알 수 없으나
출렁임 속도로 보아
그대 마음은 푸른 산란기

호수가 더 깊어지기 전에
그물을 던져야 하는 것
낮은 바람의 목소리가
물결에 잘 버무려지도록

# 황혼의 주막

적을 막으러 변방으로 떠났던 사내처럼
상처의 몸 이끌고 중얼거리며 산에서 내려오는
바람은 무명의 시인이다

오랜만의 청탁 원고다

가을 문턱에 서 있으면
마치 중국식당풍 현판처럼 붉고 싶고
한때 어울리지 않아 넣어 두었던
붉은 문자문양 촘촘 박힌 붉은 셔츠도
갑옷처럼 꺼내 입고 싶게 한다

바람이 달아오른 산의 이마를 짚어
얼음주머니 하나 얹어놓고 달아날 때
어색함이 판을 치는 세상에서
의아함투성이 시를 쓰려는 나는
식당 문을 씁쓸한 욕망으로 밀쳐야 한다

건장한 사내 팔뚝으로 밀가루 반죽을
흔들며 면발 뽑고 있는, 그런 주막에 가고 싶다

황혼의 주막이라 명명해도 좋을 목조식탁
앙상한 나이테가 주렴 헤치고 들어서는 어둠에게
죽음 빛깔 의자를 권하는 곳
이곳 최고의 음식이라며 자장면을 만드는 사내
절정의 가을에는 그런 그대 만나러 가리

언제나 불 켜져 성업 중인 그곳에
가고 싶다, 공복을 이끌고

붉은 도마

# 봄, 나무 아래서

떨어진 꽃잎에 누워
올려다보는 하늘에는
천千 개 문살로 짜여진 창이 걸려 있다
대들보와 석가래 가지들 틈
백목련 꽃잎을 구름이 지워
이리도 편안한 침상 위의 평화

모래먼지 한 몫 움켜쥐려 했던 욕심들과
오랜 기억 속으로 떠나보낸 사랑들과
힐끗 지나는 비웃음의 꽃가지와
이십대 열정을 덮던 최루가스
대화 장터 김 오르던 찐빵집 미닫이문
유년의 허기마저도 김 오르듯 피어난다

한 시절을 하얗게 견뎌온 나무
어찌 보면 참 개 같은 생이여
이팝나무도, 찔레넝쿨도, 길섶의 싸리나무도
내 생의 환한 희망이라 믿었는데
눈물빛 지붕조차 지워버리는 황사

어디든 몸 뉘면 될 행려가
자유로운 생을 의미한다고
지붕 하나 그리워해야 할 이유마저
하얗게 덮어주는 수의여

정오 지나 숨 멈추고 눈도 감아보는데
구름 지워진 하늘이 왜 자꾸 매운 건가
꿈꾸던 지붕 없는 삶인데도
흰 커튼 가득 스민 눈물이 부끄러워
하늘 가려 줄 연록의 잎을 나 기다리고 있다

# 틈 속으로


식탁 위,
빠진 젖니 빈칸은 남겨두고
잘려나간 아이가 먹다 둔 식빵에
눈곱만 한 개미들 모여든다

먼 여행의 목적지가 빵이 있는 식탁 위란 사실
고층에 사는 내 집, 벽지의 돌출 문양 밟고 오르는 것이
암벽의 길 넘는 행상의 무리 같다는

대대로 보부상 대방이던 집안 내력을
읽는다, 금 간 콘크리트 방바닥 틈새를 기어 나와
먹이 앞에 정연한 등짐의 노동이여

일한 만큼 골고루 나누어질 수 있다고
한참을 들여다보고 있는 내 곁에
명문 반가의, 공부 잘하는 선비 집안인 줄로 믿던
아내가 물걸레를 들고 황당한 표정이다

보급로 더듬어 갈라진 곳을 실리콘쯤으로
틈을 메워 버리자 한다

잠든 아이가 깨어나서 이 개미 행렬을 보기까지
좀 참아 달라고 너스레를 떨고 있는 나는
정신 못 차린 노숙자나 다를 바 없다

시 쓴다고 생계에 대책 없이 살아온 날들 부끄러워
이젠 나도 저 틈 속으로 침잠해야겠다

싱싱한 언어 몇 개 물어 나르지도 못하고
곰팡내 풀풀 담배연기나 피워 올리는
이 생활도 이젠 청산하고
개미 행렬 따라 타클라마칸 사막의 길이라도
아버지 유산인 수레바퀴와 늙은 낙타를 데리고
입성해야 할까 보다

# 4월의 그늘

저녁은 환하다
꽃잎이 저승의 물 괸 하늘을 밝히면
가벼운 손짓에도 일렁이는 그리움

겨울 동안 얼었던 나무가 살결에 분 바르듯
피는 꽃잎 속에서 천천히 걸어오시는
당신이 보내온 분홍 편지가
시커먼 몸통 울먹임의 벚나무
중심을 흔들고 있다

흔들어 웅성거리는 벌떼들,
생전 누구든 추위 가려주던 배려가
환한 저녁, 길목에 즐비하다
가끔 들여다보던 사진 한 장
어머니는 거울 모서리에 꽂혀 계시더니
별빛 내려앉은 물 괸 웅덩이 하나
곁에 두고, 바라보며 살라 하신다

거울처럼 슬픈 사랑, 물의 감옥에
나 너무 오래 갇혀 있음을

스스로 알게 하신다

그리하여 보내오는 분홍빛 손짓
검은 물 고인 이 땅의 웅덩이에도
손 발 머리칼 온 몸통 흔들어
꽃잎 언어 詩를 띄우라 하신다

붉은 도마

## 고슴도치의 집

콘크리트 반 지하에 고슴도치 세 들어 산다
달려드는 적을 향해서는 무섭게 털 곧추세우지만
헛기침 소리 유리창 흔들면 적막해지는
저녁의 집

여물 솥 불 지피는 아침 오면
움츠린 잠깨어 다가가는 아궁이 근처
부스스 흙 뒤집으러 가는 것이 낙이던
고슴도치 도시의 하루는 오래된 기억에 불과하다

유순한 속살 드러낸 채 분노도 욕망도 살갗 속에 감추고
산자락 마을에 닿으려는 사람들
혀끝이 갈라진 독사 앞에서는 쉽게 혀를 드러내지 않으며
바늘 갑옷 꺼내 입으면 되는 지상

그렇게 마을을 옮겨 다니다가 마주하여 만나는
사랑 있으면 정말 성깔 서로 핥아 눕히고
달포쯤 엉켜 붙어 새끼 치고 싶은
그런 짐승이고 싶어 떠나온 사내

도시는 온통 아스팔트와 단단한 벽들
노숙의 붐비는 절망들이 종이 상자를 깔고 점령해버려
잠든 한 사내의 튀어나온 발가락 깨물어 주고 싶은
분노도 잠시, 더 이상 온전한 지하
오래된 나무의 뿌리 아래
집 하나 갖는 꿈조차 막연하다

붉은 도마

# 공룡 발자국

1.
닭으로 살다가
새를 만나면 새인 양
맹금류를 만나면 날개를 감추다가
품는 알

어떤 몸집 공룡이 태어날 것인지는
내 정신에 달려 있다고 생각되기도 하지만
발톱 날카로운 놈이나 꼬리 힘이 센 놈 아니어도
좋겠다, 소박하게 닭만 한 콤소그나투스

작으면 어떠랴
부화시킬 알이나 수시로 낳아 준다면
공포로 느껴지는 그대 공룡의 기억에
잃어버린 사랑의 기억에
아침마다 뜨는
실눈의 기쁨이 되어

널 바라보고 싶다

2.

몬태나주 보즈먼시 로키즈 박물관
오랜 여행의 피로조차 말끔히 먼지 털고
우뚝 선 공룡들 유리벽 깨어 부수고 기어 나와
폐허의 도시를 누비기나 할 듯
나 그곳에 가고 싶다

울음을 움직이는 몸짓 잊지 않고
사랑으로 번식하는 법도 잊지 않고
고스란히 전시되어 있다는 공룡 박물관

내 첫 발자국 그대에게 찍었기에
돌아섬을 잊어버리고 앞으로만 달려나가는
단순한 사랑이 나는 좋다

박제되어 잃어버린 걸음걸이 다시 배우다가
공포의 대상으로만 느껴지던 공룡들
일제히 일어서 손뼉 치는 그곳

아름다웠던 과거의 삶들만
되새김질로 씹어 삼키고 나서

뿔 달렸어도 온순함으로 살아가리라

다친 발목도 그대로 복원해 놓는다는 그곳에
정말 그곳에 가고 싶다 쿵쿵쿵
그대가 내 삼십대의 나이에 부쳐 온
저녁노을 초청장을 들고

3.
아파트 천장이 쿵쿵 울리는 걸 보면
위층에는 고생물학자가 산다

한밤중에도 외출이 잦은 그는
움푹 파인 지상의 땅들을 살피며
1억 육천 오백 년간 지속되었다는
공룡시대라도 수시로 다녀오는 걸까

사랑하는 법조차도
공룡의 발자국 속에 녹아 있다는
그의 논리에 번쩍 뜨이는 귀

아무도 다닌 적 없는 눈 내린 들판

허기진 새들 날아오르기도 전
서성인 그 시린 족적 오늘은 따라 밟는다

사랑하느라 발자국 찍힌 자리마다
봄이면 무성히 자라는 풀들
공룡이 누웠던 자리가 더 푸르다

단지 달아남의 몸짓으로
나의 사랑 확인하는 건물 6층 크기의 사이스모사우루스

한 사내가 죽은 후에도
여전히 구근의 뿌리내림을 보게 되리라는 듯
그의 몸집이 남긴 숲은 울창하다


4.
분명하지 않은 이유 같은 것이
오늘을 사는 이유일 때
우리 발자국이라도 찍으러 가요
밀물로 이맛살 주름 하나 밀려 올라옴을 느끼는 저녁
썰물 드는 갯벌에 가요

뼈만 앙상하게 남긴 채

263

살피면 너의 죽음은 식욕의 순간에 왔음을
나약한 동물 집어삼키다 목에 걸린 갈비뼈도
바다에서는 보일까요? 먹다가 죽은 놈 때깔도 곱다는
그런 죽음의 논리는 모순
이리저리 뼈 맞춰 보더라도 알맞은
억지 추측 따윈 남기지 않을
왈츠 풍으로 옮겨 놓는 발자국
갯벌 그 위로 날아오르는
갈매기 떼도 보러 가요
누군가 족적 남기지 않은 자리 있을까 마는
덧없이 보이는 모래의 흐름과
진흙의 흔적 살피는 동안은
분명하지 않던 모든 삶의 이유를
선명하게 해 줄 것이므로


5.
얼마나 먼 길 걸어왔을까
문 밖에서 쿵쿵 노크를 한다

피 묻은 전투복 걸쳐 입고
습격에 지친 표정으로 선다

벨로시랩터, 쥐라기 공원의 주인공이던 그가
주인공 없는 영화 보는 나의 저녁
쓸쓸함에게 공격을 한다

자라 보고 놀란 가슴
아니 뭔 공룡!
종이접기 놀이로 아이들은 풀칠로 어지러운 방 안
입체 구조물을 만들어 세운다

아버지! 추측이 아름다운 시대는 지났어요

현실 일깨우는 아이들의 가위질 너머에서
프로토케라톱스는 권위가 무너지고
방 안의 모든 불들 꺼지고

어둠 속에 당그라니 남아서 앞발 세우고 기어 보는
나는, 결국 채식주의자

슬프다, 먼 길 걸어온 빗소리와 함께 쿵쿵쿵
녹슨 문 자꾸 노크하는 그대

6.

물속에서 헤엄을 치던
하늘을 날아서 지상의 먹이 노리던
그가 살아 있다
사랑도 식어 이혼 동의서에 쿵쿵쿵
편법과 권력의 양심에
찍으려는 굳은살 발바닥
총칼과 계략인들 이겨내랴
울타리 치고 경비견을 키우는
이 시대에도 공룡은 살아 있다
흘러내리는 용암처럼 몇몇
땀이 이룬 세기말의 공허함에
발자국에 남기는 공룡
한 생애에 남길 흔적을 생각하는 동안
내가 발라 놓은 시멘트
대문 앞 파인 길 위에도 아이들이 연신
굳기도 전 발자국 찍어 놓고 달아난다
죽음의 때에 이르기 전
마지막 공룡처럼
때 묻지 않은 순수함으로

7.
언제나 잠에서 깨어나면 눈앞은 어둠이었다

칼보다는 잉크가 바람직하리라고
잉크병을 조금씩 비우다 잠들었기 때문일까

잉크병의 잉크가 다 마르면
잉크병에 가려 있던 역사책의 제목이
훤히 보이리라, 밤의 터널을 지나고
아침이 되면 그러하듯이
잠들며 펼쳐 둔 머리맡 원고지 근처에
발자국 찍혀질 잉크를 놓아둔다

쿵쿵 불도저가 밀고 나가는 창 밖
대지 평탄 작업 중에 드러나는
덩그런 돌멩이 위에도
탁본으로 찍혀질 발자국을 기다린다

하나의 잉크병이 깨어져
역사책이 까맣게 지워지더라도
기어 나올 새끼들을 위하여
차고 단단한 알을 온기의 언어로 품는다

8.
화인 쿵쿵 찍는 그대 그리움에 아침 창 열면
골목의 어둠과 함께 쿵쿵 발자국 남기고 사라지는
거대한 몸집 공룡을 만난다

그대 사라지고 남은 지상에는 개미들이
몇 마리 압사 당한 주검을 물어 나르는 행렬
협궤 열차처럼 지나간다

그대 떠나보내고 돌아온 뒤
찾아가는 쌍발 마을 그려진 지도에도
서리 내린 들국화 꽃잎에도
부치지 못한 편지에도 쿵쿵쿵
읽다 접어 둔 책에도, 잉크병 속에도

세수하고 들여다보는 거울 속에서도
쇠북 같은 울림의 발자국 걸어 다니고 있다

# 겨울 삽화插畵

편지 부치러 가는 입동立冬 무렵, 오후 6시. 참기름 방앗간과 세븐마트 건물 사이 소화전과 우체통 사이 좁은 하늘 향해 키 크기에 바쁜 나무는, 2층인 김정아 뮤직스쿨과 소호 미술학원 지붕 위의 하늘을 팔딱 팔딱 넘보고 있다. 다섯 살 아이의 손바닥만 한 잎들 아직 땅바닥에 내려놓지 못하고 2층의 빨간 지붕 위로 솟구치는 치열한 삶의 수직행간을, 아직 초보단계인 피아노 반주가 받쳐주고 있다

한 무리의 새 떼들 모여들어 조잘대는 이 저녁의 콘서트. 나무의 잔가지 틈새로 내리는 어둠은 미술학원 도화지 위에서 물기를 머금고 아! 내가 서 있는 이곳의 의미는 흐름 속에 그냥 정지하고 싶다는 느낌. 움푹한 땅, 고인 물에 떠 있는 미동도 않는 이파리 하나의 고요

흔들림으로 살아온 추억이 눈물겹다. 나무 위의 새 떼들 잠시 후 잠들 것을 나는 알지만, 가벼운 비틀거림으로 떠날 이 자리 또한 오래 기억되지는 않을 테지만, 입동 무렵 어둠 내리는 도시 변두리 비좁은 평수의 아파트 상가 모퉁이 드문드문 행인들 속 움츠린 어깨로 추억하고 싶은 나무, 쉽게 잎 지우지 못하는 미련에 겨울의 평화를 꿈꾸는 나의 편지는, 그냥은 부칠 수 없어 삽화라도 그려 넣어야겠다. 손 시린 그대 노동의 겨울을 위하여. 새 떼가 있어, 웅성거리는 소리에도 잔뿌리 키우는 몇 그루 나무들

# 굴뚝새를 찾아서

1.

윗목까지 달구던
구들장 온기 그리운 아침
청솔 향 날개 털며 굴뚝에서 날아오르던 새가
아직 내 기억의 구릉을 날고 있다

작고 새카만 코흘리개 살금살금 따라간다

지난밤 취중의 길 걸어와
잠 깨어 검은 발을 세숫대야에 씻으면
물그릇에 기름 잉크 떨어뜨리듯 어둠은
둥둥 떠다니다가
휘휘 젓자 숨어 있던 우연의 새
분주하기만 했던 일상에 날개를 편다

바쁜 일 어른어른 밀쳐두고
산의 콧날 아래 얼어붙은 구릉
붉어서 슬픔인 인동열매 속으로
짧은 부리를 밀어 넣고 있다

콧구멍 같은 갱구에 금시 숨어버릴 듯
아침이 되어서야 새는
필연의 검은 나무 가시 층계를 밟고

폴짝폴짝 날아오른다

2.
잔뜩 웅크렸다가
풀씨 하나 물고 날아오르는 걸 보니
몸은 공기의 무게를 기억하고 있군!

겨울인데도 먼지 낀 유리창의 성에를
손톱으로 하얗게 긁으며 매달리는 새
미끄러짐이 뒤엉키는 종이 속의 세계여

궁금하다, 황지여, 당신은 잘 있는지
나 황지까지 가는 길 잊지나 않았는지
휘저어 막대기로 다가서는 이정표

잉크가 발라 낸 구릉을 따라
어디서 본 듯한 새를 따라
얼마간 떠돌다 와야겠다는 생각이
옷장의 검정 바바리 자락을 잡아당긴다

아파트 현관문 자물쇠 깊숙이
부리 찔러 넣고, 버짐 같은 햇살을 물고
폴짝폴짝 기어들고 싶은 짚가리여

3.
가슴이 작아 몰아쉬는 숨이 늘 가쁘다. 발 빠른 사람들의 거리를 지나,
빌딩숲 헤치고 청량리 대합실에서 전화기를 꺼내들고 두리번거리는 새.
그리움의 땅을 찾아가려 한다며 주먹밥 챙겨 넣고 있다

새에게 묻는 안부 전화는 혼선,
"숨어들 짚가리도 온기의 굴뚝도 없는, 뭐! 서울은 춥다고?"
숯처럼 까맣게 타버린 심장
"몸뚱이도 보잘것없는 네놈이 던져지기 전의 마을에 온다고?"
술 취해 끊어진 필름처럼 까마득한
"하긴 가끔은 그렇게 취해, 취객이 등장하는 연극도 재미있더군!"
"아 네, 그렇군요."
"살면서 도솔천에 이르는 길이 막막할 때 이곳에 한번 온다는 게 늦었
네요."
"한 번은 다녀가는 것도 괜찮겠지."

중얼거리듯 애드벌룬 떠오른 거리에서 낡고 시커먼 가방
둘러멘 사내, 등 굽은 시간을 만나러 간다
괭이 날로 파들어 가던 산허리 노동이 검은 윤기로 흐르던 땅을 찾아

4.
등 두드려 주는 형님들, 라면봉지, 봉제공장 기울어진 벽, 진눈깨비 머

리 들이받는 전봇대, 얼지 않는 하수구, 팔다리 흔드는 빨래들, 납세고지
서, 화분의 온대성 식물들 잘 다녀오라고 인사를 한다

훌훌 털고 일어서는 나에게

5.
모래알 뿌려진 비탈길에서도 미끄러져 나뒹구는 원위치의 바닥이 그랬
다. 지금까지 살아온 길이란 제자리걸음에 불과한 것임을 땀 젖은 장화
발 아버지 당신도 알고 있었으리

무연탄 한 수레 밀어붙이던
아버지의 땅 황지여

발길이 이리도 무거운 이유는 서울이 가끔 우울로 발음되기 때문, 머묾
과 떠남의 차이 그 경계, 새가 새에게 전기고문을 가했다고, 새가 새에게
돌을 던졌다고, 안개는 영혼을 구겨게 하였다고 한때 씩씩하게 시로 쓴
것 또한 부질없는, 후회의 쓸쓸함으로 추운 듯 다가온 열차 앞에서 언 손
호호 불며 귀퉁이 떨어진 차표를 움켜쥔다

그간 살아온 날들에 대해서는 봄 터뜨리는 산수유 한 가지 그래, 발밑
에 더 그려 넣기 위해 오늘 사내는 무작정 떠나고 있다

6.
출근일지마다 찍히던
빨간 목도장 그 곁
잘라놓은 손톱과 머리칼
누군가를 위해
아버지가 그랬던 것처럼
태양이 정겨운 하늘 아래로
가는 거야

어쩌면 매장된 슬픔을 보러
불이 될 절망을 캐러


7.
봉화 지나 봉정, 법전, 춘양, 녹동
고여 있던 졸음이 문득 문득 깨어난다

툭툭 어깨를 역무원이 어깨를 치는가 싶어
둘러보니, 옆자리에 앉아 있던 처녀새
내 어깨뼈를 허물고 들어와
어느새 둥지를 틀고 있다

  엉큼한 내 상상은 그녀와 나 창밖에 노간주나무 잎을 뚫고 날아들어
한 살림 차리고 싶었지만, 내 알지. 잠 깨면 불협화음의 집안 가난에서 조

금씩 멀어져 갈수록 생겨나는 곁가지의 갈증, 건실하지 못한 뿌리로는 어쩔 수 없는⋯⋯

기차를 타고 가는 동안 깊은 잠에 들지 못하는 나는
상처 핥아 아물리려 하지
화술에 능하지도 못해 건수 올리지 못하던
외판사원 시절 약아빠진 골목길 누비던
발가락이 가려웠다

내려다보이는 마을은 드문 인가로 인해, 친구도 없고 일 나간 부모님들 나를 빈집에 혼자 남겨두어, 미처 말 배우지 못해 내 유년은 거의 애타던 반벙어리로 보냈지

그을린 몸뚱어리 옴팍한 심장은 그런 불씨를 키우고 있어 도시로 나를 팽개친 아버지 요즘 들어 빛바랜 턱뼈의 행방이 너무도 그리웠던 거야

8.
황지가 조금씩 가까워질수록
나는 도시의 말을 잊는다
날아오르던 쬐그만 날갯짓
점점점 박히는 시생대의 하늘
구름만 날더러 어디까지 가느냐고 묻는다
어디까지 가드래요? 란 말 한마디

당당히 물어보지도 못했는데
손뜨개 구름 베레모를 쓴 그녀
텅 빈 옆자리 밀감 하나 남겨두었다
어깨가 참 따듯했어요! 라는
말은 없었지만
개찰구를 총총히 빠져나가는
움츠린 그림자 삼킨 검은 어깨의 그녀
발자국을 눈 위에 찍고 있다


9.
혼자라고 느껴지는 여행은
쓸쓸하기보다 어쩌면 무섭다
성급하게 핀 개나리 울타리에 쪼그려
꽃샘추위를 원망했었던 적 한두 번 아니지만
불륜의 손찌검인 양 꽃봉오릴 터트리고
시려운 발로 산천을 쏘다니곤 했었지
큰 산 입구에서 날아오를 땐 영락없이 주위를 살폈지
내려앉을 지점도 점검해 두어야 했지
그렇게 혼자일 수밖에 없었던 생활 속에서
여행을 떠나지만 나는 지금
제자리를 맴돌고 있는지도 모른다는 생각
외톨이로 떠돌 수밖에 없었던

내 고독함의 근원을 찾아보리라 떠나와서
주위를 두리번거리는 버릇을 가진 새
날카로운 짐승의 발톱을 만나면
들쥐가 파놓은 땅굴 속이거나
낮은 집 굴뚝에 몸을 숨기는 걸 본다

  10.
은폐와 엄폐의 차이를 가르쳐준
그런 새를 다시 찾아 떠나왔지만
왠지 나그네란 생각에 머문다

군대 시절 선착순 집합에는 늘 꼴찌여도
포복에는 당연히 손꼽힐 수 있었지
매복조로 숨어들거나 정찰조가 되어
시베리아 기단쯤 예감하는 일엔 익숙해서
결국에 주식투자로 털털거렸지만
어디 이치대로 세상은 먹혀들던가

한발 앞서 날아간 새를 쫓는 동안
급박한 등고선을 폴짝폴짝 밟아 내리는 새
눈 쌓이지 않은 인동 숲 근처에서
혼자가 아닌 숲의 노래 들려주며
산에서 내려와 인가의 굴뚝에 들고 있다

11.
길을 따라 걸으면서
아무도 안 다닌 길을
내가 걷는 줄로 착각했지
길이 거기 있으므로
내가 걷고 있다는
단순한 논리를 모르고 살아왔다니!

아버지와 같은 길 걸어왔다는 전라도 김 씨를 만났다
한발 앞서 날아간 새의 전설이 듣고 싶어 귀 기울이고 다가서면 걷어붙
이는 팔뚝 선명하게 박아 넣은 나팔꽃 넝쿨손 마디마디 시퍼런 꽃이 피어
있다

흐린 날도 환하게 밝히는 꽃이라며 나를 꾸짖어 보듬는다 움츠린 어깨
로 늦게 찾아든 나를 다 용서하시는 막걸리 한 사발 철철 넘치도록 부어
준다 넘쳐서 탁자 위 길을 내며 흐르는 슬픔은 젊은 날 허물어뜨린 용기
에도 튼튼한 갱목을 박아 넣으라 한다

자네는 이 땅 녹슬고 있는 파편 보이지
싱싱한 망치 들고 밭을 일구어야지

목청은 인근 침엽수 가지를 흔들어
성성하던 잎새들 일침이 되어 내리꽂힌다

12.
젖은 똥 한 자락 떨구고
낙엽송 그늘로 날아가는 새여
가시나무 숲에서는 가시를 층계처럼 밟아 오르다가
내를 만나면 수면에 날개 한 번 찍고
날아오르는 용기가 필요하다고
나의 안일을 일깨우는 새여
어디에도 길은 있음을 나는 생각하지만
너로 인해 처음 만난 길도 두렵지 않을
솔솔 배어나는 용기의 털빛이
그을음 탈탈 털어내고 날아오르는 새여


13.
얼마나 많은 시간이 문드러졌을까
석탄이 되기까지, 시퍼런 불꽃이 되기까지
신열의 밤을 얼마나 지새웠을까
비스듬히 날아오르기를 수천 번
광맥의 땅에 삽날처럼 내리꽂히는 새여

사랑의 각도 또한 이와 같아서
기다림 없이 만나서 타오른 불꽃은
마른 검불처럼 금세 타오르고 말리라

꿇어앉은 산의 정강이뼈 근처에서
한 점 불씨를 쪼으고 날아드는 서녘
그대 피멍 속으로 풍덩 빠지는 사랑
새는 그런 저녁노을을 그립게 한다

  14.
방파제쯤은 가볍게 뛰어넘으며
그대 영혼의 아랫배 근처에
나 검은 내 한 자락 흘려 놓으리라
활활 타는 정겨운 얼굴로 아침 커튼을 열고
태초 이전부터 당신을 사랑했었다고
그대 서걱이는 머리칼에 나 입 맞추리라
머슴의 아들로 태어난 이 땅의 아버지들
검은 새가 되어 지상을 떠나간 밤에도
폭발음 내려앉는 황지 땅에는
앞치마 가득 조개탄을 줍는 어머니 새들
설매화 한 가지 꺾어내며 와글거리고 있다
썩고 문드러진 가슴으로 다시 만날 날까지
화덕 같은 그리움을 키우고 있다

  15.
옥수수를 바수다가 멍하니 바라보는
금 나가는 집의 흙벽 박힌 사금파리

맑은 눈 뜨고 있어도
똥 바른 벽에 빗금 하나 더 긋는 날까지
하얗게 세어 버린 머리칼을
세월이라며 노파는
오래 간직한 참빗 하나 꺼내 놓는다

무너진 갱구 속의 아들을 기다리며 오늘도 청솔가지 태우면 굴뚝에서 술술 풀려난 머리채, 뼈마디 아린 그을음 속으로 날아들라고 연기는 하늘에 수레의 레일을 깔고 있다

솔개가 날아 어둠은 가시 방패로 놓이고 밀려나는 길에서도 눌러 살기를 권유하기라도 하듯 정착민의 행복을 잊은 지 오랜 나는 오르는 전셋값에 자주 이사를 했지, 그래서 눌러앉지 못하는 슬픔이더니!
금 나가는 집의 흙벽을 보고 있으면
놀랍다, 보수한 흔적 없어도 기다림이 지켜주는
그런 집의 램프가 참 따뜻하다

뼈마디 아릴 땐 그을음 모아 덮고 신경통 눌러 죽이며 살고 있는 노파가 있는 것처럼, 산 입구에서는 항시 위험스런 짐승이 도사린다고 그럴 땐 가시덤불 속을 날아들라고 내게 사는 법을 가르쳐 주는 저녁

16.
목 잘린 수수밭을 지나

아침 햇살 목말을 태우고
개울가에 날아가 앉으면
개울 바닥 이끼 눕히는 물에
나보다 한발 앞선 사내아이가
꺼밋한 얼굴을 씻고 있다

꽃샘추위 박박 문질러 아이는
숯덩이 얼굴을 자꾸 헹군다
아버지 닮아 꺼밋한 얼굴 숙명조차 씻으려는가 어른거리는 물에 실핏
줄 드러내고 달아나는 송사리 떼 지느러미가 찍어내는 잔상을 자꾸 흩어
놓고 있다

지나가는 구름 흩지 마라 아이야
돌다리에 정강이를 접고 앉은 아이야
너와 나, 몽고반점 닮은 아이야
씻으려 해도 그대로인 저 구름을 어쩌랴

17.
일렁이는 물살 속에서 나는 보는가 공중 폭발하는 버드나무 뻗은 가지
지나가는 바람의 심술에 놀라 실눈 뜨는 자유는 겨울 매서운 추위 속에
서 녹는 제방 얼음처럼 꽐꽐 자연스레 오는 것

위험한 물살에
한 방향으로 흩어지는

송사리의 생리처럼 한때
민주주의 외치며 흘리던 눈물이
3월의 개울가에서 앙증스런
버들가지로 피고 있다

세상은 살아볼 가치로 출렁이고

있음을, 새는 느낌으로 전하고 싶어
화살나무 숲 지나 목 잘린 수수밭도 지나

개울가 버드나무 가지에
그네 뛰듯 내려앉고 있다

18.
언 손 호호 불며 움켜쥔 돌들
추위 속 아이들이 비석치기
내 유년의 마당 가에 던진다

이미 동학년東學年에 반쯤 누워버린 비석에
새는 날아가 표적이 되어주며
갸우뚱갸우뚱 날아오른다

잡힐 듯 잡힐 듯 날아가는 새의 몸짓이
생전의 거짓 공적을 메워진 곳에서 주춤

흘림체면 무엇 하리, 비석의 모퉁이들 떨어져 나가고 일자무식, 아버지는 이마에 불꽃램프 한 번 더 켜시는 의지로 나를 도심의 학교까지 내던지시고

그런 나는 돌아와
다시 옛 꿈에 젖는다

　19.
도화선 불 당겨지듯
젊음 속을 뛰다가
이곳에 와서 나 또한
표적이 되어 주리라
허약한 어깨 단련시키는 아이들
비석치기 놀이 잊지 않고 모여서
함성으로 던져내는 돌의 모서리
튀어 오르는 불꽃 속에서
봄은 분명
예감처럼 오고 있다

　20.
표적이 되어 주다가
나 황지에서 돌아가려 한다
잘못 살아온 지난날들 풀리는 얼음물에

284

씻고, 황지 땅에서 돌아가리
도시에 어느새 나보다 앞서 돌아온 새
화가 황재형이 아닌, 키 작은 예수
그가 성황리에 전시회를 연장하고 있었다
질긴 힘줄의 광부를 그리려다
실제로 광부가 되어버린 사내
단무지와 녹슨 젓가락을 도시락에 담아온
갱도의 밥알이 조개탄이 된 이 시대의 청사진을
전시장에 옮겨 온 우리의 고흐 형님

(누가 빛이 어둠으로 인하여 존재하는 것임을 부정할 수 있을까)
그의 전시장을 빠져나오다 보면
집으로 가는 길 몸짓뿐인 잿빛
도시에서도 나는 다시 날개 터는 법을 배운다
연탄가스 매캐한 골목길 미끄러지지 않게
타고 남은 재를 깔아주는


　21.
달은 판잣집 지붕 위에도 떠서
엉덩이가 둥글게 부풀어 오르면
가난을 탓하지 않는 여자
끓여낸 찻잔을 마주하고 있으면
더더욱 사랑 그거 별거 아니지

답답한 내일도 근지럽게 녹고 말지
탄부의 웃음이 드러내는 치아
씻지 않아도 얼마나 환하던지
내 이두박근을 도시의 아내에게도
너끈히 보여주고 말리라

  22.
새를 그리기 시작한 지 오래됐다
음습한 지층 켜켜이 입김 뿜어낼 양으로
늘 서성거리는 한지의 의문부호들
칠판 가득 압정으로 눌러놓고
몰골법으로 그려내는 나의 새
노을 끝에 매달린 7교시 마침종이
뚝뚝 떨어져 강물로 흐르는 시간
굴뚝을 모르는 아이들 앞에서
새의 이름을 물어보지만 어쩌면 너희들
끝끝내 먹새일 뿐인 절망도 한때
십구공탄 푸른 불꽃 번뜩여도 모를 테지만
구륵법과 몰골법의 차이는 알아도
파지가 교탁 위에 수북이 쌓이는 이유와
붓을 헹궈낸 물이 검다는 사실은 알게 될 것
그 물이 다시 바닥에 드는 때를 기다려
바닥이 검을 뿐 윗물의 맑음을

작은 소리로 말해 주려는 나의 의도
그런 의도를 자꾸 덧칠하는 동안
아이들은 하나둘 과외 받으러 떠난다
미술실에 혼자 서서 한지의 혈관을 뚫어
검고 싱싱한 피를 흘려 넣는다
새들이 모두 살아나 한지가 되기 전 닥나무 노란 꽃으로
피어나거나 일부는 탄광촌 아이들 꿈속으로
일부는 폐수에 비친 도시의 달 속으로
흘러들기를 나는 또 소망해 본다

23.
몇몇 아이들 가난 때문에
기다려주는 부모들 맞벌이로
문설주 썰렁한 귀갓길을 생각하면
늘어가는 포장길을 스치며 날아도
늘 집에 이르는 길은 어두워도
비탈진 골목길 정도는
보무당당하게 오르기도 하리라며
새 한 마리 그린다
집의 윗목 한자리 차지하고 있는
요강단지 차가워진 원의 둘레도
새의 품속처럼 따뜻하라고
얼씨구! 한 마리 더 그린다

# 2
## 얼룩

## 시인의 말

시詩라고 이름 붙인 집, 나 집 떠나 있는 동안 내가
길거리로 내몰렸다는 생각보다도, 변제해야 할 채무보다도
우송되어 올 독촉의 고지서 활자들이 비에 젖을까
걱정이다.

아무튼 나 없는 빈집에서
당신이 행복했으면 좋겠다.

두 번째 시집 〈얼룩〉 2002년.
시인의 말에서

# 차례

얼룩

# 물뿌리개의 시

물을 주는 것이 물뿌리개다
마른 땅 푸른 싹을 틔우기 위해
누군가 물을 줄 때
물구멍 크기로 물은 쏟아지고
기울어진 만큼
다시 채워질 기다림이 남는다
웃음의 꽃밭 둥둥둥 떠올릴
물을 주는 것이 물뿌리개인 것처럼
누군가 물을 주었다는 흔적 없어지고
부끄러운 아침은 또 오겠지만
무지개 서너 줄기 날아올라
꿈을 꾸리라
기지개 펴도 부끄럽지 않은 나이엔
싱싱한 어깨 가진 사람에게 좍좍 푸른
물뿌리개를 건네 줄,
물을 주는 물뿌리개가 되어야겠다
절망쯤으로 부서질 리 없는 말들과
우주 가득 뿌려지는 물의 간지럼 속
기울여야 쏟아지는 것이
물인 것처럼

물뿌리개인 것처럼
건네 줄 물뿌리개가 되어
놓여 있어야겠다
그대 필요한 자리에

얼룩

# 탱자울

종이비행기 날리다가 가시에 손톱 밑을 찔렸다

계곡을 타고 내려온 나비
돌담을 끼고 날아오르는 것이
제 그림자 지우려 퍼득이는 것 같았다

수녀원 숙소 뒷담에서
너울거림이 없는 꽃을 만난 이후
어깨 흔들리지 않는 걸음걸이가
안으로나 흔들리는 슬픔임을 알았다

마지막 봄비에 꽃잎 떨어질 줄 알았는데
저 탄력! 빗물을 튕겨내고 있다
살갗의 파란 정맥도 싱싱해서
손 뻗을 수도, 중심을 무너뜨릴 수도 없는 나무여

밤새도록 피로 밝힌 십자가 아래에서
그리움과 소망을 삼키고 피어난 꽃
성급하게 날아드는 나비에 놀라 찢기울 날개를 걱정하는 동안
나름의 비행술로 가시의 가슴도 품어버리는
오! 놀라워라 꽃에 댄 입술의 능숙함

유유히 꽃의 중심을 무너뜨리자
꽃잎은 그제야 떨어지고 있다

균열진 상상의 돌담이 우르르 무너져 내릴 것 같은
녹색이 갈증의 숲을 부둥켜안는
그런 숲으로 종이비행기를 날리고 싶다

탱글탱글 노랗게 물든 열매를 기다리며

# 벌초

준비하세요
웃자람을 잘라야 하니까요
전기면도기를 사용하기에는 너무 자라버린
그대 수염을 깎는 데는
가위가 제격이죠

캄캄한 밤이어서 찾을 수 없는 가위
그럼 일회용 면도기를 사용하죠
모근 가까이까지 자르려다 보면
상처가 날 수도 있을 텐데 어쩌죠?

피가 나도 괜찮다구요?
많이 아파 보았다구요?
베인 그 연한 살에 침을 바르면 된다구요?

내가 당신 수염을 깎기는
이번이 처음일 텐데
어쩐지 당신 수염은
길들여진 습관처럼 자라있군요

# 감기 앓은 이유

정지해 있는 것은
절망으로 더 잘 기억된다

감기로 앓아누워서
귤껍질 같은 여자와 서로의 가슴 비워내는
알알이 부서지는 과립果粒 같은
사랑을 하고 싶을 때
난로 위 주전자에 물을 끓인다

나는 갑자기 슬퍼지고
수증기로 다 비워지면, 저 끓는 소리 끝나면
녹아 들어갈 꿈에 젖을 걸 알아버렸던
그해 겨울

봄은 빨간 우체통에 넣어질
희망적인 편지 기다리는 사람에게
빨리 오는 법이라며
답신답신 걸어올 봄꽃의 풋풋한 소식을
나는 한 발 빨리 만나고 싶었을 뿐

그래서 성급하게도
마중 나갔던 것이다

# 칫솔 통속도圖

   우리 집 칫솔 통에는 여러 개의 칫솔이 꽂혀 있다. 포신에 걸터앉아 겨울 전선 닦던 아우의 칫솔, 자전거 수리점 바큇살 녹물 지우던 후배의 칫솔, 풍치 앓는 증권회사 친구가 다녀간 뒤에도 나의 집 칫솔 통엔 허전한 빈자리가 몇 개 더 남았다 얼마 전에는 감옥에서 갓 꺼내온 칫솔도 번듯이 한 자리 차지하고 있다

   칫솔들은 눈비 맞아 탈색되어도 그대로 꽂혀 있다

   흔적은 하나둘 더욱 늘게 되리라
   한 통 속의 세상을 꿈꾸며 뒤척여 입 맞출 궁리를 하는
   나의 집 칫솔 통의 칫솔들은
   내 삶의 방식이 수정되지 않는 한
   쉽게 끊지 못하는 인연과 길을 추억하고픈 탓에
   그대로 꽂혀 웅성거릴 것이다

   가을비가 내 죽음의 부고장을 전달할 먼 훗날까지, 그대들 추적추적 길을 걸어갈 방랑기 먼 여행에서, 문상의 예법에도 더욱 익숙해져서 나의 집에 당도하기를 우리 집 칫솔 통은 기다린다.
   그대들 검은 양복에 검은 넥타이 졸라 묶고 돌아온다면 퀴퀴한 입냄새를 또 풍겨 내겠지. 이곳에 다녀간 기억을 떠올려 추억이라 말하면, 묵묵히 기다렸다가 그때서야 다시 닦아야 할 칫솔들을 내어주리라

   나의 집에는 칫솔 통에는 버리지 못한 낡은 칫솔들이
   그대들 과음으로 인한 구역질을 기다리며
   매달려 있다

# 나팔꽃이 피었습니다

나팔꽃이 피었습니다. 채식을 꿈꾸며 한여름 싱싱한 잎의 수확을 위해 미술실 창틀에 화분을 얹어 뿌린 상추씨, 절반쯤은 마치 팥의 새싹 같은 식물이 돋아나질 않았겠습니까?

한 선생님은 놀라며 내게 물었습니다. 무슨 상추가 이러냐고, 촌에서 자라난 나는 유심히 살피다가 콩 아니면 팥일 거라고, 좀 더 키워 보자고, 뽑아내려는 것을 근근덕신 미루었습니다. 풀은 점점 자라더니, 상추밭을 엉망으로 만들고 아침부터 저녁까지 꽃을 피워댑니다

얼룩

　　하하하 근실하게 살아가라고
　　나팔 소리를 뿜어내는지요
　　탄부이던 나의 아버지 갱구에 드나드실 때
　　검은 땅 막장 주변을 씩씩하게 점령하던
　　그 꽃

미술 시간 준비를 안 해 온 가난한 아이들 꾸짖던 회초리도 감아 오릅니다. 창가에 벌을 세우는 동안에도 아이들은 몰래 꽃잎을 따서 팔에 문신을 새기고 하늘 비친 창에 말갛게 번집니다

　　아버지 이마에 달린 전조등 불빛처럼
　　어둠 속에서도 줄기를 밀어 올려
　　마디마디 꽃등을 걸어둡니다

한 송이 피고 나면 다시 피는 일을 멈추지 않는 걸 보면 상추밭이 다 망가진들 어떻겠습니까

# 꽃에 관한 변명

그대가 보낸 꽃씨를 땅에 묻는다. 온도계 빨간 수은기둥 백엽상 주변에서 더위가 시작되고 아이들은 방학 중이다. 민들레는 풍향계 주위에서 바람결 꽃씨를 날리기에 분주하다

기다림이 자라 목 타는 갈증의 나날 죽은 짐승의 몸에서 흐르는 피에 땅은 가끔씩 목을 축일 뿐, 그대를 하염없이 바라보아야 한다는 것 두렵다. 비름과의 맨드라미 꽃씨를 깊이깊이 땅속에 심어 놓고 발아하기 위해 버둥거릴 꽃씨를 생각해야 한다니, 천둥에 날개 한 번 꺾이지 못하고 사그라질 작은 생명이 눈물겨워라

삼십대의 깊어지는 살갗 속에서 씨앗은 오래오래 꽃 피울 수 있을까. 깊이 묻으면 싹틔우지 못한다는 작은 꽃씨의 비애. 맨드라미는 장엄한 수탉의 벼슬. 마당가에 한 살림 이루지 못할 바엔 싹 틔우는 것이 차라리 슬픔일지도 모른다

그대를 더 이상 가까이할 수 없다는 슬픔보다 땅속에 깊이 묻고 싶은 것은 변명이나 기우에 지나지 않는 사랑

서른셋의 그리움이 다 타들어 가도록 오래오래 피어서 아름다울 맨드라미 살갗 속 깊이깊이 나는 너를 묻는다

# 저녁의 개울
### – 얼룩 1

여러 번의 출산으로 튼 뱃살처럼 켜켜이 내려앉은 산자락 수리답게 물을 흘려 넣던 개울은 조금씩 늙어 간다. 키만큼 자란 억새풀 섶을 헤치고, 기계충 번진 뒤통수의 기억 속, 그리움의 긴 휘파람 불어 보아도 물총새는 돌아오지 않는다. 그런 기다림의 저녁 풍경을 개울물은 가로지른다. 아래로만 흐르다가 올라섬의 욕망이 지느러미를 달아, 굽은 등의 물고기 바위 몇 개를 타고 넘더니, 가쁜 숨 몰아쉬며 쉴 곳을 찾아 두리번거리고 있다

엇갈린 이별은 오랜 시간이 지난 뒤에야
둥근 것들의 반대 켠에서 만나지는가

얼룩

물속 앙금으로 가라앉아 있던 진흙이 몸속에 생명 있음을 거품 방울 떠올리며 연신 신호하는 동안에도 폐경기 여자처럼 개울은 뼈마디 시리다. 나는 막내로 자란 물이던 녀석, 장마로 돌아와 잡목을 밀어 넣지만 개울의 중심에서 휘젓는 손, 잎 서너 개 매달려 있는 나뭇가지 유혹의 손짓 위에 장수잠자리 내려앉기를, 물총새 날아오르기를 언제까지 기다려야 할까

저녁인 그녀의 개울에는 잠자리가 날아야 출몰하던 물총새 끝끝내 보이지 않는다. 우거지던 억새풀, 며느리밑씻개의 둑이 제초제로 시커멓게 타 버려도, 썩어 얼룩을 남기는 진흙 위에 빙빙 돌다 곤두박질로 처박히는 시간, 죽지만 알들은 다시 부화되고 있어, 나는 이곳에서 얼마를 더 머물다 떠나야 할지, 어지러운 나의 생각들 무리지어 어두운 하늘을 하루살이 떼로 몰려다니고 있다

# 선인장, 혹은 송장
## - 얼룩 2

고스란히 죽어 있어, 앙상한 가시에 손가락을 찔려 보아도 살갗에 파고들던 지난날의 아픔이 전달되지 않는다. 달포쯤 물 주기를 잊어버린 채 선반 위에 놓아두었던 선인장. 죽음의 색깔을 띠지 않았으나 내장은 검은 물로 다 녹아 몸 중심으로 밀려드는, 가시 박혀 있던 곳에 통로를 만들어 그 구멍에서 쉬임 없이 쏟아지는 검은 물

태양 식히던 바람의 사막에서 살점으로 떨어져 대양을 건너왔을 선인장. 빗살무늬토기 속 모래의 땅을 적시고 나의 베갯잇 십장생 문양을 적신다. 언젠가 죽음에 이르게 될 내 몸 또한 저런 송장물 쏟아낼 거라고

함몰은 다 아름다운 거라지만 영혼의 정수리를 적시며 좀 착한 냄새를 피우며 살라고, 뾰루지 핑계로 하루쯤 면도 안 한 턱을 스치는 게으름에게도 섬뜩하게 한다

# 술집 뭉크에서
### - 얼룩 3

　태아의 성 감별이 유행병처럼 번지는 세기말 우울한 재즈의 거리에서 돈 잘 버는 산부인과 의사와 술을 마신다. 도시의 개울들은 복개되어버리고 그 속을 흐르는 잉여 물질들의 부패가 뿌글뿌글 안주로 올려짐을 안주 삼는다

　산모롱이 아카시아 숲을 배경으로 두고 병든 인물들이 쿨럭거리는, 뭉크에는 온전한 여자들이 유혹당하기를 당하길 기다린다. 미끈거림을 만드는 중이라고, 한밤중에 출산 때문에 병원을 찾는 환자를 큰 병원으로 가시라고 휴대폰 흘러든 목청에 넉넉하게 타이르는 그대

　저녁에 문을 열고 새벽에 문을 닫는 뭉크에서 그대, 내가 그리워하던 어둠을 물어 오면 나는 산나물 무침이 된다. 어둠은 검정 식탁보에 덮여져야 하고 지게의 멜빵 자국 선연한 어깨의 아버지 늦은 귀가를 기다리는 시인이고 싶었다고 얼룩진 도시의 불빛을 탓한다

　세기말의 불길한 징후와 불황을 타지 않는 당신의 사업에 대해선 한마디 농도 걸지 못한 채 나는 서서히 타협에 길들여지면서 서정을 기웃거리는 버릇이 생긴다

# 사랑, 어떤 숙명적인

### - 얼룩 4

공작새는
거미줄을 먹는다 한다
길 잘못 접어든 곤충이
바둥거리다 제풀에 죽기를 기다리던
거미가 뽑아 낸 거미줄을
다시 공작새가 먹어치운다 한다

죽을 때까지 기다리는 그 태연한 관망
그런 거미의 상상 혹은 안테나까지
삼켜 버리다니

은백의 순수로 지은 집
단지 먹이를 위해 뽑아낸 문장
나보다 더 잘 나를 알고 있는 그대가
부처면 부처, 바슐라르면 바슐라르
삼키고 나면 화려한 날개 펼 수 있을까

어쩔까
다소 부끄러움의 얼룩 남길지라도
내 영혼, 집, 혹은 포충망
점점 가려드는 그대의 은유에
그곳에 매달린 이슬마저
삼켜 버리게 그냥 놓아둘까

직성이 풀리도록

# 고양이풀, 혹은 괭이풀을 추억함
## - 얼룩 5

흙벽돌 조금씩 허물어져 내리는 담의 모서리에 모여 웅성이던 풀. 그 연한 모가지와 잎을 사랑한 때가 있다. 이른 봄부터 병치레에 시달렸으므로 물푸레나무 단단한 가지에 매달려 그녀 집 넘보며 근력을 키우던 시절. 그녀에 대한 내 연모의 몸짓을 눈치챈 아이들이 짓궂게 한 움큼씩 괭이밥 너를 나의 입안에 밀어 넣을 때 그 신맛의 진저리 혹은 가슴 저림

오늘 아이들의 식물 채집장에서 보았다. 이름 찾지 못해 비워 둔 과명란에 내 자신 있게 써 넣은 괭이밥 세 글자 줄기 연한 그 풀은 지금쯤 어디서 살고 있을까

뒤늦게야 안 일이지만 아이들이 찾아 낸 곳은 도시의 시멘트 보도블록 틈새 그 풀의 신맛이 뿌리내린 채 뽑혀도 아, 아직도 아이들은 모르는 것 같았다. 요즈음 왠지 신맛이 싫어지는 걸 보면 나도 늙어 가는 게 분명한데 풋사랑인 그녀가 아련히 그리워지기도 하여 열두어 살 적 흙담길을 서성이게 한다

식물 채집장 말라 있는 풀잎 뒤켠 눈물 자국처럼 남아있는 얼룩을 본 뒤로 그녀 또한 이처럼 잔잔하게 말라가며 얼룩을 남겼을 거라는 생각이 얼핏 지독한 신맛으로 눈자위를 적신다

내 지금의 그리움은 가파른 서른다섯의 계단, 이곳에서 그녀 다시 만나기라도 한다면 시큼한 뒷맛이 더 오래 느껴지도록 굳어 있던 관절도 고양이처럼 날렵해지리라

# 흐르는 녹물
### – 얼룩 6

간신히 두 사람 몸 비켜서는 골목길. 제법 평수 넓어 보이는 집의 담장 위에 녹슨 철조망이 걸려있다. 비와 천둥이 여러 번 지나간 뒤에도 둘레 둘레 감긴 가시는 넘보는 수상한 놈들을 찌를 태세다. 이 길 잘못 들었나 싶어 되돌아 나서려 해도 콘크리트 장벽으로 죄어 오는 보폭

– 주먹은높게팔은곧게발걸음은힘차게

연병장의 군화 소리처럼 들린다. 개 조심 삐뚤어진 페인트 말라가는 글씨에 대문은 왜 그리들 굳게 걸어 두었는지, 자유로운 몸짓은 포도넝쿨 뿐이다

분명 잘못 든 길임에 틀림없는데 곁을 지나는 주민들 황당함을 읽을 수 없다. 나의 길 찾기 지론도 조울증 길은 어디에나 있다는, 어디로든 뚫려 있다는 생각의 모서리에 녹물이 흐르기 시작한다

돌아눕는 해를 찔러 붉어지는 담벼락 시퍼런 포도잎으로 가리워지고 몇몇이 미쳐서 실려 나가도, 눈물이 수없는 얼룩을 만들어도 담장 위의 철조망은 파상풍의 독물로 넘보는 모든 사람들 살벌하게 한다

# 괜찮은 생각
### - 얼룩 7

불탄 집이다. 소방차가 다녀간 뒤 폐허 같은 완전히 타기 전 그슬린 목재며 광고잡지며, 비릿한 속옷 같은 것, 검정의 윤기와 어울리는 고드름의 풍경이 뒤통수를 친다

한여름에 그녀가 한여름에 털가죽 부츠를 신은 그녀가 아이스크림을 먹으며 곁을 스쳐 지날 때 개처럼 헐떡거리고 싶어진다고 중년을 지난 남자가 혀를 차고 지난다 얼음주머니 한 개를 꿰차고 그녀의 목덜미에서 흘러내려 퇴화한 꼬리뼈 부근에 이르러 얼음 다 녹으면 남아 있는 물기를 혀로 핥아 주리라고 나도 거들고 싶어진다

그런, 불을 물로써 비벼 끄는 사랑의 행위 같은 시를 쓰면 어떨까. 핫팬츠에 한겨울 부츠를 신은 여자와 아이스크림을 함께 먹으며 한 살림 차리고 산다면 사계절이 한꺼번에 느껴지겠지. 우리나라는 참 좋은 나라가 되어가고 있다는 기쁨에 나는 전율한다

# 못둑에서
### - 얼룩 8

산에서 내려온 물이 사람들이 쌓아 올린 둑에 고여서 간간이 흐르기도 하지만 대부분 연잎을 띄우기도 하면서 물방개와 자라를 키우고 있다

도시 입구에 자궁처럼 놓여진 못, 한때 아래는 논들이 있었음이 분명한 데 그곳에 성냥곽 같은 집들이 들어서고 어쩌지 못해 그대로 방치된 못, 따분한 생활에 염증 느낀 몇몇 사람들 이곳에 와서 돌 던져 넣기라도 하면 메워지리란 생각 들기도 하지만 누군가 함부로 썩게는 하지 않을 것이므로 나는 도시의 변방에서 못물로 고이고 싶다. 흘러듦과 흘려버림의 순환이 못을 더 이상 썩게 하지 않는 유일한 법칙, 기억 입자들로 연꽃을 피워 내면 슬몃슬몃 기어가는 자라와 물방개들

그런 생각을 머릿속 물무늬로 띄워본다. 발정 난 남녀가 버린 오물보다 뭉클하게 돌 던지는 그대들 외로움에 물무늬 같은 언어의 시를 써야 하리라

# 다시 오동나무를 생각한다

가을볕에 말린 열매를 무녀의 방울처럼 흔들어 식은 영혼에 불을 지펴
주던 오동나무, 배경만 시퍼렇게 칠하던 자화상自畵像 내 화실에서 하늘
창窓으로 내다보던 오동나무를 생각한다

한 사람이 떠나고
떠남을 준비해 주기 위해 마당가에
나는 오동나무 한 그루 심어놓지 못하였구나

잠시나마 지나가던 비를 가려주던, 그런 나무가 되어 주지도 못한 나
를 푸른 잎으로 가리운다

얼룩

## 겨울 산행山行

몇 차례 눈 내린 산을 오르는 동안
남은 것은 새끼발가락 동상과
오르면 오를수록 치마 속 같은 그리움
양미간이 좁은 가시들에 몸은 움츠러들 대로 움츠러들어도
지금까지 살아온 거리가 몇 킬로미터나 될까
궁금함 따위, 생살 씹는 다짐으로 떠났었지만
닿으리라 믿었던 정상은 어디에도 없었다
허무가 앉아 도를 닦고 있었을 뿐
다시 수수깡 핏물 밴 땅으로 내려가라는
호통이, 발끝에 채이는 나비 한 마리
내려오는 길목마다 앞서 날려 보낸다
낮은 산등성이를 건너뛰는 고압선
봉합사처럼 풍경을 꿰매고 지나가는 그 길에서
나의 발은 녹아서 물이 되는 아래를
지향했지, 어느 바닥의 생활 속에 문득문득
정상을 향해 오르던 의지며 자투리 꿈들이
피어나 희망을 주리란 생각 따위 전혀 할 이유도 없이
끙끙거리며 산을 올랐다는 것을 뒤늦게서야 알았다

겨울산을 오르기 위해서는 이미
산 아래서 세속의 욕망 다 벗어두고
쉬엄쉬엄 올라야 한다는 것을

# 채마밭에서

몸뚱이가 커지기 시작하면서 걸음 옮길 적마다 외로움은 발길에 채이더니, 거둠이 끝난 채마밭에 서면 가끔 산다는 것에 대해 느꼈던 갑갑함이 시원섭섭해진다. 눈곱만 한 씨앗을 뿌리고 나서부터 너풀너풀 이파리 흔들면 묶어 주는 것이 사랑인 줄 알았는데, 오늘의 채마들 어디론가 실려 가고 있다

자식들 다 자란 모습으로 훌훌 곁을 떠났을 때 한때 어머니 심정 또한 그랬으리라 나를 위해 회초리며 꾸짖음으로 묶어 주던, 어긋난 행동에 내려 주던 달빛. 어머니의 허탈함이 밭고랑마다 고인다

10월의 밭에는 이제 서리가 내리고, 남겨진 배추 뿌리 두더지며 들쥐들이 갉아먹는 소리가 회색 하늘에 첫눈을 부르는가. 귀가를 서둘러 돌아서는 길, 눈발은 돌아가 웅덩이를 파라 한다. 살아 있는 모든 것들이 추위에 얼기 전 참으로 매운 겨울 맛을 담가 둘 제 키 높이의 웅덩이를 파들어가라 한다

아버지가 그랬던 것처럼 파내야 할 지층의 퍼석한 곳을 골라 묻어 두어야 할 저 외로움의 평지여

# 연꽃 여자

나 그랬어
사랑한다고 말하지 말 걸 그랬어
5월인 너에게서 길을 잃었다고
말하지 말 것을

나는 부글부글 끓고 있는
진흙더미 위를 날으는 파리야
물살에 등 떠밀리는 햇살 그 너머
대소쿠리로 건져 내어 맑은 물에 담가 두고 싶은
너는 연꽃이었어

내 곁에 있는 동안
네가 혼탁함 속에서 꽃을 피우는 걸
어쩌겠어, 고요함 뒤에 잔잔함 뒤에
생은 그 뒤에 감춰진 일렁임이야

내가 널 보게 된 것 또한
그런 일렁임의 연속인 거야

누군가를 그리워했던 나는
꽃은 피었다 빨리도 지는 걸 안거야

열림의 의미가 되어버린 그대 앞에서
세상의 닫힌 모든 틈새까지도
정말 사랑한 거야

얼룩

## 쥐러브

쥐러브는
쥐 잡는 약의 이름
털이 달라붙기만 하면 떨어질 수 없는
버둥거릴수록 엉켜드는
사랑의 약이다

그대 그리움에 목이 탈 때
한번 쥐러브를 사용해 보시라
털은 그대 심장의 외벽에서
퇴화한 꼬리뼈 부근에서
나를 아프게 하던 상처의 근처에도
보숭보숭 털은 솟아 있으므로
외로움의 살갗 어디에도
쩍쩍 달라붙는 쥐러브

이미 쥐가 달라붙어버리면
더는 쓸모없는 일회용이어도
사람들 퉤! 침을 뱉고 지나가도
내 눈에는 쥐러브!
한 생명 다할 때까지 기다리던
쥐와의 사랑으로

더는 쓸모없어진 쥐러브를 보면
사랑이 삶의 전부라고는 말할 수 없을지라도
참 그래도 괜찮은 삶을 살다 간 놈이라는
엉킨 털 쥐 생각이
문득 드는 것이다

쥐러브!
누가 이름 붙였는지
참 괜찮은 이름의
쥐약이다

# 타임캡슐의 사랑법法

부장품으로 그려 넣을 내 삶이 심각해서
「아! 고구려 고분 벽화전」을 보러 간다

언제나 그랬지, 새로 산 구두처럼
살아가면서 적응해야 하는, 견딜만할 즘이면
낡아져 기워야 하는
고통은 그런 것

쓸쓸한 상처뿐인 구두 같은 내 몰골을
빛바랜 자작나무 껍질이나 화강암 벽 위에
그려 넣어야 한다니! 아찔하다

토란잎에 내리는 햇빛
매달린 물방울 같은 시신경
뒤흔드는 바람에 놀라더니
고구려 양떼구름과도 만난다

가끔씩 만나서 차를 마시는 그대에게도
이젠 고백해야겠어. 좀 더 익혀야겠어
멸치젓처럼 혹은 쥐라기 화석쯤으로
수없이 뒤집어 보는 망설임의 잎들

오랜 뒤 꺼내어질 캡슐에 넣어야겠어!

그대, 내게서 떠날 것을 예감하기도 전에
한 켤레의 구두가 더 이상 낡아지기 전에

이쯤에서 아찔함마저
밀봉해야겠다

# 감은사지에서


탑 둘레엔 검버섯 핀 시간이
천 년 전 누군가 이곳을 돌며 떨구었을 솔기름
지반엔 뭉쳐져 있던 달빛
반딧불이로 날아오른다

연신 감씨 몇 개를 뱉지만
감나무는 자라지 않는다

겉은 멀쩡히 말라버렸지만
아직 말랑말랑한 속을 그대에게 보여주려면
어쩌면 나는 수시로 이곳에 와야 하리

동해의 푸른 내음이 계기판 속도계를 당겨 묶어도
길의 답답함이거나 생이 어지러울 때
사랑의 모진 불씨 하나 고이 간직한 가슴이라면
더더욱 그리하리

천 년을 거슬러 오르는 탑돌이
먼 담장 아래서 내 손끝에 쥐여 줄 곶감 하나
품속에 감추고 가슴 조이는 그대여
무모한 사랑의 빛깔이라도 다가서리

좌판 노파 세어버린 머리칼
수천 번을 더 센다 해도
덮어쓴 흰 가루의 곶감 같은
저 피 마름의 당분 같은

겉은멀쩡히말라버렸지만속은아직말랑해요

여전히 속까지는 마르지 않는
수줍은 노래를
이곳에서 배워야 하리

흰 수건 덮어쓰고 웅크리고 앉아
늙은 감나무 손마디로
오늘을 팔고 있는
나는 이곳에서 그댈 기다려야 하리

# 밤길에서

무심코 던져낸 돌의 이마에
혀를 내두르는 도마뱀
사라지며 길을 열고 있다

은거할 암자도 없는
저녁인 숲속으로 난 길은
날 용서하라며 떠난다

찔레꽃 하르르 피어서 저지른 일
성급히 포옹하려 했던 달빛
모두 설익은 탓이라며
다 잊으라 한다

너럭바위에 달빛이 널리고
나무들 가지엔 꽃등이
환하게 지상을 비추는 동안

발아래 풀들은
돌아온다는 기약 따위는 하지 말라며
지나온 모든 길을 덮고 있다

# 바퀴벌레를 만지다

시간이 정지된 방 안에 갇혀 시계 소리도 없애고 누워 체온 없이 살아온 날들을 더듬는다. 검고 칙칙한 여름밤에 두드려 보기도 하고 꼬집어 보기도 하면서 뭉툭하고 길쭉한 그것을 딱딱하기도 하고 물렁한 그것을 더듬는다

배꼽이나 제대로 떨어졌을까 더러운 분비물이나 내어 놓지 않을까 우리가 안다고 믿었던 지식이, 현상들이 캄캄한 하수구에 흘러들다가 만난다, 혈관 없는 네 놈 풍뎅이나 풀무치 대신 날아든 언제나 미래일 것으로 추측되는 기형의 시간들

섬뜩하다 손가락 몇 개쯤은 가볍게 모자라는 미래 인류를 가상으로 그린 필름 같은 살갗을 하고 방의 직각 모서리를 어슬렁거리는 바퀴벌레여!

처음으로 느껴 보는 야릇한 공포여 피라미드 방식의 외판 사원이 다녀간 뒤에도 검은 연회복에 망토를 걸치고 베링해협 건너온 네 놈은 폭죽처럼 성욕처럼 엉겁결에 눌러 터트리게 한다

## 파도조調

 1.
슬금슬금 파도가 발치를 적셔
잠 못 드는 밤이면
분지를 떠나고 싶은
수탉 한 마리
횃대 위에서 미명 갈라놓을 때까지
파도로 뒤척인다

뼛속 깊이 자라는 뱃고동과 해조음
물결 위 숨자락 토해 놓은 사랑으로
몇 번이고 몸 사르고 싶어진다

산호 숲은 아니어도
빛나는 슬픔으로
일기장 빈칸마다 채워지는 그리움들

붉은 벼슬을 땅바닥에 비비는 하루
동백꽃은 산발적으로 피어난다

우울의 노 저어 해안선에 닿으면
막아서는 벼랑쯤 무시하고
슬금슬금 뛰어내리고 싶어진다

비늘을 부딪치는 물고기 떼
동족끼리는 서로 잡아먹지 않는
그런 평화가 존재하는 곳

어쩌면 잴 수 없는 존재의 깊이로 푸른 바다

벼랑에 매달린 동백, 그 꽃잎으로
오늘은 추락하고 싶어진다

얼룩

 2.
목적 없는 여행이 즐겁듯
낚아 올릴 고기 없는 낚시 또한 즐겁다

투명한 사슬로 스스로를 묶고
서서 바다를 내려다보다가
산그늘이 해안선 가득 그물망처럼 덮쳐 오는
저물녘에 이르면, 선착장 시멘트 구조물에
이끼가 자라고 한때 당당함 보여주던
가장의 깨어진 선글라스며
뻔뻔스러운 혈족들이 남긴 스타킹 등등
불가사리처럼 기어 올라오는 것들을
나는 슬픔이라 정의한다

피곤에 젖어 비릿한 정액 냄새처럼 젖어
수많은 고기들 자라는, 바다에서
나는 게으른 고기를 잡으려 한다

무거운 추부터 점점 가벼운 추로 갈아 끼우고
벼랑에 몸을 묶고 던져 넣는 낚시를 하지만
걸려드는 것은 내다 버린 쓰레기들뿐

고기를 잡기 위해 낚싯대 드리운
그 사내에게만 고기는
걸려들고 있었다

 3.
바다와 나비의 혼례를 거행함

청첩장에는 꽃송이를 그려넣고
수선화 떨리는 가슴 되어 참석 바람

박수를 보내 달라는 그대의 인사말
나는 썰물의 해안을 한 발로 밟고
축시를 읽어 주었다

육지의 사나운 것들과 짝을 짓는 말미잘 멍게 불가사리
다 지켜온 절개로 수줍어할 때
일생을 적셔줄 만큼 박수 쳐 주기 바람

그래야 체면이 서는 것임을
참석한 사람들 제대로 알고 있기나 한듯
사뭇 평화로운 눈빛이 오고 갔다

바다에 함부로 투신하여 더럽히는 일 없이
희망으로 바다를 바라보는 것은
지절대는 즐거움
오래도록 남는다

  4.
사랑하는 사람에게 편지를 쓴다

물새의 혓바닥 같은 설렘으로
패조류 잇몸 사이를 통과할 때
자꾸 밀려오는 멀미의 뱃전에서
나는 지척간두 그리움을 엮는다

항해도의 눈금을 읽어 내려가듯

암초들 사이로 통과해 온 날들
순풍의 시대에 이르러서도
지친 언어는 닻을 올려야 하리라

물길 어지러움 헤쳐나갈 수 있을까

동성로에서 매운맛에 얻어맞고
종이배 접다가 90년대에 이르러서는
입병 난 사랑 바다 타령이라니
패조류 속살처럼 부드러운 자유
민주주의가 상사를 앓는다

빨아 먹어라 그리하면 나을 것이니
답답한 바다의 말
사랑은 벗어 던지는 것
어두우면 어두운 대로 따뜻하게 만나는 것

멀미로 참아온 자존심을 허문다
환약같이 쓴 약도 입안에서 녹이라 한다

  5.
아침 밥상에 올라온 조개를 까면서

326

베링해협 건너간 누이의 슬픔을
젓가락으로 집어 올린다

미처 어금니 깨물고 죽은 조개들
더러 황사의 하늘로 내려와 앉기도 해
끝내 입 벌리지 않는 놈은 그대로 두고
틈 벌어진 조개를 까야 하지

바다가 끓여 올려진 아침 식탁에서
아내는 저만치 부끄러운 백목련이다
더 이상 이 땅에서 가난하게 살 수 없다고
이국병사 따라 떠나간 누이
부끄러운 사실 끝내 들춰지지 않기 바라는 눈치다

아내는 식물성 반찬을 씹는다
내가 육질의 섬 하나를 입에 넣을 때
베링해협 건너간 누이의 눈물방울
갈매기알 몰래 훔쳐 내던 기억과 함께
수궁환생 아침 연꽃으로 피어나는 심청을
아내는 눈치챘을까

부활절 아침에

밤새 가라앉지 못한 목청의 동해 바다
슬금슬금 몇 개의 섬으로 기어 나와
어금니에서 모래알로 부서질 때
모래 속에 잠긴 아메리칸 재즈풍

귓속까지 처량하게 잘도 들린다


6.
너무나 지루한 시간이
흘렀다, 밤이 샐 때까지
바다신의 욕정이
한 여자를 다스리는가

잡다한 것들로 세상은
깔깔거리고
조간신문을 펼쳐들면
우울해진다

원양어업 떠난 사내 난파되어 돌아오지 못하는
설움과 임란의 바다 전투에서 청춘 불사른 원혼들

기다리던 흰옷 입은 여인들 즐비하게 모여들어
아침 바다는 원혼 씻김굿

징 소리를 튕겨 내고 있다


7.
썰물의 바다 갯벌에 서면
어지러운 사랑놀이 발자국을 찍고 싶다

갯지렁이 같은 시를 쓰다가 안 되면
시처럼 살고 싶은 여자와
순두부 걸러내듯 단단한 사랑을 하고 싶다

생애를 일궈 가는 주민들이 쇠스랑으로 달려들기 전
한 초롱 바닷물을 퍼내는 오! 하느님
당신의 웃음이 얼비치는 동틀 녘에
물새로 떠도는 어머니의 목청을 듣고 싶다

퉁소 하나 꿰차고 떠돌던 풍각쟁이
그리하면 아버지 역마도 알게 될까

조갯살이 발등을 슬금슬금 기어오를 때
나의 사랑 말뚝을 박아 두어야겠다

# 왕골자리에 누워

이 잎에서 저 잎으로 건너뛰다
미끄러져 돌아와 젖은 옷자락을 어디에다 널까

칠성시장에서 반백 노인에게서 사 온
물소리 그득한 왕골자리에 모로 누우면
울음뿐인 개구리
전설이 젖은 등을 말려 줄까

눈 뜨면 행상 떠나고 안 계신 어머니
아주 떠나신 이승의 빈자리
깔아 두면 더 멀리 뛰어야 해 더 빨리
초등학교 운동회 날 응원 나온 목청이
만국기 아래 펄럭인다

아무는 상처 위로도 내일은
태양이 떠오르길 잠들며 기도하던 당신
밑동이 젖어야 쑥쑥 큰다던 풀
어른의 키만큼 자라야 엮여져 자리가 되던 풀은,
그해 가뭄엔 다 크지도 못하더니
잘려져 아이들 함성 끝 칼이 되었지

마을의 타성바지 아버지 움츠러든 어깨도 보인다

왕골자리에 누워 보면
텃논에 물 한 번 흘려 넣지 못하시는 목청에
유난히 등이 푸른 어머닌 웅크림이었지
'쉿! 얘야 아무 말도 말아라
풀도 칼이 되는 세상이고 보면 억센 바람 불어올라' 세월이 흘러
고향 떠나 온 뒤로도 나의 어법은 불안하다

풀밭에 떨어진 사과알처럼
왜소함뿐이던 기억이 조금씩 말라 간다

왕골자리에 젖은 등을 뉘면
차오르는 물에 둥둥 뜨는 잠
텃논의 파란 모판이 이불로 덮인다

# 마흔의 영화 보기
### - 삼류 극장에서

세상 밖 어디론가 새들이 한세상 떠메고 날아가 버려 빈 쪽정이들만 남아서 버석거리는 새우깡 봉지에 들락이는 손, 집힐 것 없이 소금기 묻어나는 손가락 빨며 영화를 본다, 기왕이면 두 편 보는 영화 단단하게 꼴릴 대로 꼴려서 수천 번 수혈을 받아도 피 넘치지 않는 여자가 무너지지 않는 힘 강조된 남자를 만나서, 별 뜨지 않은 도시에 엉덩이 같은 달로 떠오른다

그렇고 그런 영화를 본다
시간의 간극은 황당하게 짧아서
새는 점화 플러그의 불꽃처럼 날아 오르고

날아올랐다는 사실만으로 동작의 과정들이 무시되는 나라, 멍든 가슴의 죽음에도 태극기를 덮어 주면 그만 기도문과 묵념이 없는 나라, 내일은 모조리 보랏빛인 영화와 예고된 프로가 더 재미있을 것 같은 극장에서 행복의 끄트머리를 치고 가는 영화, 그런 영화가 끝나고 활활 톱밥 난로 지펴진 휴게실에 나와 앉으면 달아오른 무쇠보다 더 뜨거워지는 낯짝이 덧없이 보내버린 청년기의 시간 속에 초대되어, 지금의 나에게 능글거린다

별수 없는 나이로군!?

# 개운포에 다녀오다
### – 역신의 노래 1

  1.
누구를 탓해서 무엇 하리오
달 밝은 밤 이슥토록 놀다가 집에 돌아와
둘은 내 것인데, 둘은 누구의 것인가
가랑이가 넷인들, 이미 빼앗긴 것을
어쩌랴

그대 홀연히 안개가 짙어
도처에 길을 찾을 수 없을 때
개운포가 생각나더군요
달도 뜨지 않은 밤 그대 슬픔이
차창에 성에로 매달릴 때
우리 그곳엘 가요

막힌 하수구처럼 불어나는 욕망을 데불고
우리 놀러 가요
미움도 너끈히 사랑할 수 있는
역신이 되어

  2.
개운치 못한 눈으로 밤늦도록

지쳐 돌아온 나의 허리께
업무에 시달린 당신 좀 쉬어야겠다고
달려들어 팔다리를 주무르는 아내여
주말엔 바다에라도 다녀오라고
숨겨둔 죄, 덮어씌운다

한 몸이 될 수밖에 없었어!

차마 고백하지 못한 이 흔적
역력하다 창밖 정원에 꽃 피운 돌배나무
배꽃이 참 곱지요? 능청스레 말 건네지만
어쩌랴!

벌써 지나버린 꽃의 절정

　　3.
신판 지도에도 없는
개운포 다녀오다니

삼국유사의 한 장면과 어울려 놀더니
감기에 진한 몸살까지 겹쳐 앓은 게로군

동료 시인들이 농을 걸지만
나는 알지

망해사엔 가부좌 튼 여승이 있어
그 깊은 경지로 던져내는 바윗돌
듬성듬성 징검다리로 놓여지는 것을

피어오른 안개 속으로
내딛는 발 아래
젖은 운모 빛 시간이 말라간다

무릎도 사랑도 접고 앉아 있으면
징검다리, 그 곁을
참 빠르게 지나가는 물살에도
거슬러 오르는 물고기 떼

# 바람이 불지 않는다고, 그래도 살펴봐야겠다고
### — 역신의 노래 2

나 또한 썼습니다
한 사내 체념을 위한 노래 부른 지 십여 년이 지났어도
여전히 솟아오름으로 가라앉는
변증법적 사랑의 이중성
따스한 체온과 투명한 달빛이 적시는
밤 열시의 고독은, 여전하였으므로
머리맡에 펼쳐진 시집의
눈꺼풀에 잠시 머무는
로트레아몽 백작 그의 방황과 좌절에 대하여
시인 남진우의 좌절과 방황에 대하여
끼워 넣을 그 무엇도 준비하지 못해
나 또한 좌절과 방황을 한다고

선택을 강요하지 마세요

오랫동안 침묵이 흐르고 이마에 구슬땀이 맺힌다
착한 처용은 어느 십자가 아래에서
무슨 내용의 기도를 하고 있을까
잠 설치다 깨어난 새벽
목적 없는 질주로 하루는 시작되고 있었다

피어나는 연꽃처럼 잠든 여인의 이마에 입 맞추어 줄
팔 뻗어도 까마득한 거리에
내가 또 방황하고 있다면 역설일까

내 꿈은 18세기 풍 외투를 걸치고
십여 년 전 신춘문예에서 내 삶에 희망을 주던
시인의 시를 다시 펼쳐 읽으면
왠지 처용의 냄새가 난다
튼튼한 믿음처럼, 신의 목청처럼
들려오는 바람 소리

# 은혜사 가는 길

1.
돌아갈 수도
멈춰 설 수도 없어서
말갛게 이마가 젖습니다

개울 속으로 기어드는 길을 만나면
몇 번인가 건너뛰기를 해야 합니다

모든 암자로 뚫린 길
누군가 걸어갔으므로 풀들 누워버린
이 길 위에서
느닷없이 만나는 비

가시넝쿨 같은 만남의 순간들은
아래로 무참히 쓸려가 버리고
지상에 남겨진
젖은 머루송이와 도라지 꽃망울

더 이상 머물
미련 없다는 듯이
둥근 표면을 씻고 있습니다

2.

계곡은 물이 불어날수록
마음 향하는 곳
길은 좀 더 비탈진 곳에서
젖은 머리칼을 쓸어 올립니다

앙다문 질경이 잎들이
길의 중심으로 밀려들고요
비는 끝내 낮은 곳의 길을 다 지우고 나서야
물안개를 피워 올립니다

혼자 걸어도 숨가쁜 동행이 있습니다
숲의 터널에 갇혀서도
아주 동굴쯤에 안주하고 싶음이
느껴지는 그대 7월의 숨결

비는 스며 혈관 속까지 스멀거려
봉합사로 꿰어도 시원찮을
그대와의 동행이라면
이쯤에서 아주 길이 지워져도 좋겠다는
생각 들게 하더군요

비탈에서 미끄러지기도 하며
위쪽을 지향하던 나의 욕망이
들려오는 독경 소리와
가벼운 눈인사를 주고받는 동안

우산처럼
나무들 잎으로 가리워 주던
그리움의 순간들도
이제 다 지워야겠습니다

# 개구리 생각

　개구리 울음 우는 이유에 대해 이야기를 듣거나 책으로부터 배운 적이
있다

　우화처럼 내다 버린 어머니의 묘지에 비 오는 날이면 나뭇잎 뒤켠에 붙
은 청개구리 그냥은 떠내려 보낼 수 없는 떠나보낼 수 없는 사랑 때문에
개굴개굴 운다는 걸 안다

　시름겨운 시를 쓰는 이유도 어쩌면 그 때문 아닐까, 죽음이 숭고한 나
라의 원주민을 만나 물오른 작대기에 맞아 죽어야 할 놈이 별도 뜨지 않
는 마른논에 나와서 휘파람 불고 있는 것은 아닐는지

　일찍이 울음 한 마지기 떠내려 보낸 죄로 봄이 오는 길목에서 한줄기
비에 멍든 등을 넌다

# 별

### 1.
정직해야 별이 잘 보인다고
늙은 노새의 눈물을 닦아 주던 마부도
갔다, 손뼉 치던 가문비나무 숲 헤치고
후둑후둑 박쥐 떼의 인가를 지나
아마 그는 뗏목에 수레를 띄우러 강으로 갔으리라

여물통에 김 오르는 저물 무렵
혹독하게 다스려야 한다고 등판에 채찍 가하던
그를 떠나보내고 돌아오는 길
발굽에 채이는 모든 것들은 슬픔으로 촘촘히 박혀진다

지금은 무엇으로 다스려도 편안할 수 없는
저녁이다 나 또한 하나의 별로 박힐
마음을 닦아야 할 때임을 알겠다

### 2.
마을에는 열다섯 살배기 홀아비 자식이
사랑하는 사람을 보내고 떠오르는 별
끔뻑이는 눈망울 속에서 보았다

팔조령에 별 보러 가자는
낭만시 동인인 한 시인의 권유에도
나는 지독한 말똥 냄새가 느껴졌다

세월 지난 오늘에도 정직해야 잘 보인다는
그대 마부의 별을, 김 오르는 저녁 무렵을
얼마만큼 감지할 수 있을지

얼룩

매연 뿜어내는 승용차를 끌고 가서
청전리 뒷산 떠도는 말 울음에
시련의 발톱을 갈아 끼워 줄 수 있을는지

   3.
남겨둔고향의아우가갑자기보고싶다

# 어느 꽃밭

버짐 잔뜩 낀 얼굴이다
병중의 어머니가 덮던 누비이불

목울대까지 감싼 장미 넝쿨 그 곁에는
피오줌 받아내던 요강단지 나와 앉아
마지막 겨울 햇살을 쬐고 있다

지난가을 바람에 떨어진 꽃씨
그루터기 반경에는 자잘한 수런거림
수상하다, 더 깊은 땅속으로 뿌리를 뻗으려는
엄살스런 표정의 내 곁
지워질수록 선명해지는
사랑은, 응달 담벼락을 적시며 녹는 눈

꽃들은, 발톱 높이의 흙을 비집고
녹스는 곡괭이 날을 세우라 한다

언 가슴 풀어 헤치며
달궈 달라고
원색적인 장난을 짓궂게 걸어오는

# 버드나무에게

　해를 거듭할수록 떠나보냄에 익숙해집니다. 이별은 새로운 만남을 전제로 한다지만 어느 것 하나 건네주지 못한 이별은 쓸쓸합니다. 떠나보냄도 무슨 식을 올려야 하는지 축하해 주고 돌아서는 등 뒤로 눈발이 날립니다. 간혹 달려와 기념사진을 박자고도 하지만 그대들 손에 들려진 꽃다발을 보면 버들강아지도 실눈 뜨고 꽂혀 있고, 오금 저린 삭풍과 비껴 내리는 눈발에 왠지 걱정스럽습니다. 뿌리가 튼튼해야 할 텐데 밑동이 튼튼해야 험난한 세상을 이겨낼 수 있을 텐데 걱정이 앞섭니다. 그까짓 곁가지 찢기는 아픔이야 아물리면 그만 아닐는지요. 영차영차 줄 당기던 운동장가에 늘어진 수양버드나무처럼 정신도 무럭무럭 자라서 너희들 명천 봄 마당에 조국의 기둥으로 우뚝 서길, 손 흔들어 오늘을 떠나보내며 내일을 당부해 봅니다

# 엉겅퀴꽃

1.

사랑을 훔치려면 적어도 그대
발뒤꿈치의 높이 정도는 추측했어야 했으므로
잡아 온 짐승의 가죽으로
신발을 만들어요

내 사랑의 표현은 늘 어색했으므로

여린 바람에도
곧추세우는 가녀린 목의 그대
대숲의 작은 흔들림을 주는 바람에도
두려워하는 그대에게
사냥에서 돌아온 무뚝뚝함으로
무릎 틈에 염낭 하나
던져 주듯

무엇이든 아무 뜻 없이 건네주고 싶어져요

손 내밀어 건네고 돌아서는
내 쓸쓸함을
그대 받아 주셔요

2.

엉겅퀴 아세요?
한 여자가 생전에
못다 태운 끈끈한 사랑
꽃잎에 묻어나는 꽃
얼마큼 아세요?
내가 당신의 손을 잡을 때
땀 배인 그대 손에서 느껴지던
불에 구워질 대로 구워진
연모의 첫 살점

무덤 앞에서 만나
눈물까지 건네주고 싶은
나를
그대, 아세요?

# 파계사 숲에서

1.
나 쪼그리고 앉아서
나무들 틈으로 언뜻언뜻 보았지
가지 끝에서 잎이 돋는 걸
햇살과 어울려 순한 바람이 되고 싶었던
그런 한때가 있었지

봄날이 가고 슬픔도 가고
기억과 앉아 보는 파계사 숲속
언제고 녹색의 청춘 불사르는 줄 알았는데
낮게 내려오는 하늘에 다소 부끄러워
속죄의 눈물 같은 서리에
나무의 잎들
하나씩 수의를 갈아입고 있었다

빠르게 내 곁을 스치며 지나는 독경 소리
청설모 한 마리 쏠리는 꼬리를 향해
돌을 던지는 순간!
없다(무無다)

흔적도 없이 텅 빈 가지 끝
동자승 수심에 찬 얼굴이 쪼르르

안 보이던 길 하나를
내다 걸고 있다


  2.
처음부터 길을 지우기 위해 잎들
매달려 있었던 건 아니라고
그대에게 사랑을 다 말하려 하지만
그대가 이미 알고 있는 건
쓸쓸한 상처뿐

남자들은 다 그렇고 그렇더군!

아, 달관의 경지다

겨울 숲으로 뚫린 길 끝에는
마른 인동덤불과 억새풀
불 지르고 떠난 첫사랑
치렁한 검은 머리칼 산 그림자에 놀란다

내 어깨에 어스름이 기대어 올 무렵
마을로 내려가는 모든 길들은
저녁 안개에 끝이 흐리다

3.
무슨 의미가 있으랴
살 속에 파고드는 찔레 넝쿨의 가시
내가 꺾어들고 바치는 붉은 열매 따위
추위에 움츠러든 어깨에게
무슨 의미가 있으랴

피가 흘러 너의 손수건을 다 적신들
수로부인 아닌 너의 장난기에
주위의 너럭바위가 흔들린들
꺾어든 사랑이 더 이상 범할 수 없는
너의 울타리는 연한 분홍색이다

무슨 의미가 있으랴
너의 검은 숲에 불 지르고
너의 얼어붙은 입술을 부빈들
처음과 끝이 다 한 가지 색인 것 알지 못하는
단풍나무

진창 붉은 피로 달아오른 뒤에는
여전히 탈색되어 눈 맞고 있는 것을

4.
너를 향해 구겨지기로 했다
가시투성이 너의 살갗에
나의 가장 연한 속살 부비기로 했다

우리가 알지 못하는 사이 바위는
틈새가 조금씩 벌어지고
이끼가 자라기 시작하더니
새어 나온 물에 고드름이 매달리고 있다

지난가을에 떨어진 빨간 단풍잎 하나
냉동의 가슴으로 내려앉아
칠성판 위의 죽음은 얼음 눌러쓰고
절정의 한때를 고스란히 남겨 놓았다

가물가물 아쉬움으로 오래 남으리

파계사 근처의 겨울 숲에서
그대와의 만남은 적어도 얼음 풀리는 봄날까진
그래도 붉고 따뜻하리라

5.

겨울 라일락 나무 곁에서
성욕도 끊고 식욕도 끊고 발목 근처 떨어진
마른 꽃 잔해들마저 지문으로 잘게 부수어
바람에 날리며 서서
앙상한 나무에 귀 대고 듣는다
몇몇 무리 지은 산새들 불러들여
겨울 햇살을 잘게잘게 씹으며
한때 내가 무모한 사랑도 사랑이라 했던
말들이 귀 세우고 있는 걸 본다
모여든 저들이 입방아 찧어
추위와 허기 달래 주는 것을 생각하면
그대와의 사랑이 참 괜찮은 설법임을
라일락꽃 진 나무에 귀 대고 듣는다

너 아주 죽은 건 아니겠지!
뼈마디 한 곳쯤 부러뜨려 봐도 돼? 라고
내가 던진 화두에 한때 너와 같았어! 라며
답해 오는 산중의 라일락나무

6.
깊은 향기로 멍들도록 바라보았을
사랑은 보랏빛

지금은 곁에 없어도
방식이 독점욕 같은 것이었어도
한철 등불로 걸리던 시절보다
눈 감아도 윙윙거리던
여생의 한 자리

비워져 있어도 아름다운 까닭은
비워져 있는 그곳이
그대 자리여서이기 때문이리라

겨울나무 가지들의 흔들림이
춤이 되는 것을 알았네

비어 있음으로 해서 더 많은
그리움을 매달고 있다는 거
정겨운 설법으로 듣는다

# 권태

### 1.

머리를 감고 흘러내리는 물기의 얼굴을 들이밀면, 야이 짐승아! 풀잎처럼 땀 흘리는 너 누구냐! 라며 밤내 은밀하게 자란 속눈썹에 무게를 얹는다. 창밖의 가을이 흔들릴 때, 더러운 버릇 분명한 나의 거울 보기 습관에 대하여, 결백하지 못한 놈아! 창밖에 해바라기를 불러들여 뒤통수를 친다

습기를 닦고 보면 마른 잎의 대궁 너머로
아! 너는 설움이 되어 뚝뚝 떨어지는 꽃잎
마른 씨앗처럼 듬성 빠져나간
치열의 풍경이 왠지 부끄러운 내게
크게 입 벌려 봐! 오늘의 내장까지 살피려 든다
거울은,

### 2.

나를 빛의 목책에 가두어 놓는다. 이곳을 빠져나가려면 세수를 하고 머리를 빗고 치아를 점검해야 하지, 굴절되어 나타난 나의 모습 뒤켠에 너무 약아진 습관이 웃고 있어. 손바닥 발바닥으로 닦지 않아도 세상사 훤히 알고 있지. 형광등이 고기비늘로 걸려 튼튼하게 욕망을 가둘 때, 싯푸른 머리 헹구는 창 너머의 햇살이 되어 방 안을 훔쳐보는

너는 누구냐

3.
이제 그만 권태로움에서 벗어나려는지
깨어 부수면 더럽게 아쉬울 테지만
해바라기는 꺼밋하게 익은 머리 마구 뒤흔들고 있다

## 그늘


공중전화 부스 안에서
동전 한 닢 찰칵! 떨구어 넣으면
만날 수 있을까
책 보따리 매고 달리던 월산리 아이들
목소리라도 들을 수 있을까

철거된 지 오랜 수몰지구 친구들
지금거신전화는국번이없거나결번이오니
서른 살의 목청으로 여보세요, 말 건네기도 전
목젖 너머의 밀어 올리는
저 낮달

슬픔이 떴다 구부러진 나뭇가지 사이로
비탈밭 일구러 소를 몰고 나가신 아버지
보인다 속눈썹처럼 어깨 견주는 박달나무
도지재 능선 위로 천천히 나타나 줄 것 같던
사람들, 기다림의 시간들

어머니가 매시던 마늘밭
이랑이 다 끝나갈 무렵에야
굽은 허릴 펴고 올려다보던, 그 달이

뜬다, 다이얼 신경질적으로 쿡쿡 누르는 동안
계면쩍게 웃는 키 큰 가로수 산벚꽃
잉잉거리는 벌 떼도 불러들여 백동전 다 닳을 때까지
우수수 물 괸 땅에 쏟는 꽃잎

반복해서 국번이 없거나 결번인 그리움
확인할 수 없는 그 무엇이
4월의 한켠을 적시고 있다

얼룩

# 까치는 맑아서

눈만치 목청도 맑다
흰 동정 두루마기를 걸친 까치는
까마귀와 비교하지 않더라도
신록 우거진 숲 아니어도
아침엔 인가人家에 머릴 숙인다

멀리 날아 우리가 알지 못하는 단풍나무 숲
그 너머의 소식을 물어 와서는
은밀한 꿈으로 잠든 내 사랑은 마늘밭
눈썹 같은 마늘의 촉눈을 틔운다

희망 있음 희망 있음
실낱같은 목청을 뽑아
아카시아 나무 상수리 근처에 둥지를 틀 때
이 땅에 버려진 닭털이며 잔뿌리, 지푸라기들
다 너의 집 목재가 되는 찰나에
흔들림을 자제하는 법 나는 배운다

겨울 지나고 봄의 뜨락에
꽃물 든 하루를 꿈꾸어 내려는
까치는 물빛 삶을 이야기한다

청명하지 못한 하루가 다 저물어 가도
청산이나 노래하는 다친 꿈에 젖는 우리들
굽어 볼 마을 한켠에 둥지를 틀고 있다

눈이 맑아서 목청도 맑은 새
텃밭에 뿌려 둔 마늘의 촉도 쑥쑥 뽑아 올리며
선연한 증조부님 기침 소리로
오시는 길 소리도 없이 와서 우짖고
떠날 땐 한 점 미련도 남기지 않는다

## 낙타를 데리고

끔벅이는 커다란 눈망울은
퍼내어야 맑아지는 샘물 같아서
유년 시절 꺾어둔 물초롱꽃처럼
숭고한 물주머니를 꿰찬 그를 낙타라 부르고 싶다
오래도록 마르지 않는,
「칼레의 시민」이 전시되고 있는 서울
문을 열면 불볕인 도시에서
살점 찢어발기는 장례는 사막의 질서와 흡사하다
하늘에서 내려오는 독수리는
선한 자의 눈을 먼저 쪼아 먹으려 들고
집집마다 지붕에는 독수리를 기르고
흙먼지 속에서도 눈 뜨고, 분노도 참아내는
목마른 자에게 목숨까지 다투어 주는
그런 낙타를 데리고 떠나야 할
아득한 길이 보인다
(서울에서 아라비아 사막까지 먼-길)
등 굽은 아버지의 연대年代를 넘어
수시로 옮아앉는 모래산 엉덩이
실직이 꿈을 낚는 일간지 구인란도 넘어
오아시스 다방에서
사람들은 낙타를 기다린다

늘어진 잎새로 아랫도리를 가린 여자가
오렌지 주스를 날라오기까지는 갈증
그것은 안주할 수 없음의 예고
환풍기밖엔 불볕에 돌지 않는 것이 없을지라도
가자! 전갈 우글거리는 길이라도
우리의 낙타를 타고

# 늙은 수세미

한낮의 베란다를 타고 오르던 저 혈관의 따듯함이
격랑의 마디 생애 모퉁이를 돌아
열매로 자꾸 자라더니
몇 놈은 아내의 화장수로 잘리고
오늘까지 씨로 쓰려 남겨둔 수세미,
너를 해부한다

커다란 벌레의 집 네 놈을 칼로 동강 낸다

몸통 속에 박힌 까만 씨들이 우르르
몸 밖으로 몰려나온다
말라붙은 껍질을 벗기자, 겹겹의 방충망 같은 혈관이
인공위성에서 내려다본 도심
집들의 틈새로 뚫린 길들과 흡사하다

저 얽힘의 현장, 살이 다 말라 가죽에 붙어버렸다
내장 속에는 씨라도 감추고 살 일인 것이
혈관 같은 얽힘으로 남겨져
세상에 달라붙은 밥풀 찌꺼기라도, 쓱쓱 문질러 줄 늙음이 빛나 보여
문득 나를 놀라게 한다

가느다란 철사줄에 달라붙어
물 한 모금에 커 가는 식물인 줄로만 알았던 수세미
몸통 속에서 꺼낸 씨들을
이웃들에게 나눠주고 싶었다

뜨거운 베란다의 여름 햇살을 가려주다가
삶의 줄기 굴곡의 마디에
황소 불알 같은 향수의 흔들림을 주다가
나 이제 늙어버린 살갗, 미처 벗지 못한 욕망의 때라도
쓱쓱 문지르고 싶다

# 곁에 둔 돌종

울림의 시를 써 보겠다는 머리맡에
한때 척왜척화 울었다는 돌종을 두기로 했다

돌로 치면 돌 소리가
바람으로 치면 바람 소리가
안개로 치명적 안개가
햇볕으로 치면 햇볕 냄새가

그럼 사랑으로 치면 무슨 소리가 날까

무수한 새들이 다양한 폼으로 날아오르는
돌종 주위에는 정신의 횃대가 걸려
가식의 옷은 벗어두고 기어오른 사내는
맨몸으로 새벽을 기다린다

손 뻗어도 없는 돌종이므로
심장이 없다, 어디든 심장이 될 수 있으므로
머리를 단련시키는 수많은 어둠이
머리 부딪고 울림 한번 들으려다
먼지처럼 사라져 갔으리

일어서는 핏줄이 파랗다
손 뻗어도 닿지 않는 돌종을 곁에 둔 뒤로
생생하게 들린다, 색 쓰는 소리 같기도
독경 소리 같기도

부화기의 나비 떼 지어 날아오르며
한꺼번에 첫 날개 터는 소리 같기도 한
치명적이어서 애끓는

# 자전거 배우기

그림 그리는 법을 묻는 아이들에게
나 처음 자전거를 배우던 날
하늘 감아 돌아가던 두 개의 바퀴를 이야기한다

넘어짐이 얼마나 푸르고 아름답던지
상갓집 조문객이 타고 온 자전거를 몰래 타다가
몸과 함께 던짐으로써 배운 회전율

앞바퀴와 뒷바퀴가 늘 함께 굴러야 해
그래야 인생은 뒤뚱거리지 않는 법이지

미술실 창가에 기대어 서서
너도밤나무 가지 틈으로
그 넘어짐의 순간에 보았던 절망론을 펼친다

앞바퀴와 뒷바퀴 방향이 바뀌어버린 한 아이의 질문에
더욱 확연히 떠올린 창문 속 자전거
준비도 없는 나의 대답은
"낙법이 없는 세계로 가야겠지요"
"넘어짐으로써 좀 더 빨리 자전거를 배울 수 있지 않을까요"

무슨 말인지 그림 그리는 법을 묻는 아이가
골똘히 생각에 잠기는 사이, 해처럼 붉게 떠오른 녀석
보리밥에 햇살 발라놓고 등교한
동생의 안부가 궁금한 그 녀석은 소년가장

바퀴가 같은 방향으로 굴러간다는 것은 이미 안다는 눈치다

펑크 난 타이어의 튜브를 꺼내놓고
바람구멍 찾아내는 법도 이미 알고 있다
신나게 펌프질하는 아이들 앞에서
각기 다른 방향으로 돌 수 있다고
끝내는 한 곳을 위해 돌고 있는 것임을
검고 붉은 색만으로도
녀석의 그림을 완성하고 있었다

그러나 변명이 화폭에 그려지지 않기 바란다며
어지러운 오늘 미술 시간은
이걸로 마치자는 내게
씩씩하게 차려 경례 구호로 붙여오는 아이들

# 검정우산 생각

1.

보자기로 덮어놓은 아침 밥상
깨끗한 이마 마주하고 조잘거리는 멸치들 등지느러미 부근에서
하루가 밝아 온다

어쩌면 부챗살처럼 펼쳐지는 빛
처마 끝 낙숫물이 똑똑 채송화 꽃잎을 두드려도
검정우산은 늦잠에 들어 있다

간밤 내 나의 외출을 기다린 걸까
문설주에 비스듬히 그녀의 우산 남겨진 동안에는
뿌리가 더욱 자라도 채송화는 걱정 없다

땅은 다져지고 팔 벌리면 닿는 멸치들은 우리들의 양식
살갗에 묻은 한 자락의 바다는 비릿하고
우산의 손잡이에 남긴 그대 체온은 참 따뜻하다

일찍 깬 형제들이 서두르는 출항도 보인다

어머니의 우산은
참으로 욕심 없는 곳인 나에게 남긴 걸로 보아
선견지명에 닿아있다, 식구들 중 누구도 탐내지 않아서
언제나 게으른 내 차지가 된다


2.

태반처럼 둥근 것이 생명을 키운다
색 바랜 꽃망울 터뜨리는
도시는 어둠에 짓눌리다가
낙법을 배우라며 나를 불러낸다
팽그르르 넘어져도 일어서는
함부로 넘어질 수 없는
꼿꼿한 입지를 너로 인해 나는 배우는가

한 손으로 움켜쥐고 걷는 길은
살얼음에 발바닥이 시려 와도 괜찮다
나무로 선 나의 이파리에
혀를 감아 오는 무수한 짐승들

형형한 안광들이 나를 주시할 때에도
철벅철벅 걸어가는 즐거운 마중
랄랄라 바람이 가끔씩 불어와도
불붙는 쇼윈도 마네킹이 한 눈을 찡그려도
음습한 골목길 허기진 거미에게서
검은 휘파람 소리 듣는다


3.


곳곳에 띠풀로 엮은 덫 놓여져도
우산을 펼치면 들깨 향기가 번져 나요

매끄럽고 순탄하기만 하면 그건 길이 아니죠

눈썹 끝에 매달린 빗물이 시야를 가리는 순간
방방곡곡 기름장수 행상길에 지니고 다니시던
삶의 근육질이 팽팽하게 느껴져요

아들의 연약한 어깨가 젖을까 봐

어머니 당신이 남기신 우산을 쓰면
마디마디의 뼈 녹물조차 말라버렸어도
잎 펴지는 고사리처럼
번식을 꿈꾸려 하지요

비 가려줄 누군가의 어깨를 기다리죠

# 1
# 쑥의 비밀

## 시인의 말

지문으로 렌즈를 깎는 사람을 생각했다.
문지르고 문질러서 느낌 또한 없어지는 날
이 지상에서 詩는 사라지리라.

첫 시집 『쑥의 비밀』 1993년
〈自序〉에서

# 차례

쑥의 비밀

수렵도


흰 말 안장 위에서 상반신을 뒤로 젖힌 채
작은 체구의 사내가 달리고 있다

불멸을 끌고 산속을 달려 백두까지 오르고 있다

그렇게 젊은 날을, 살아있던 날의 함성을
부장품으로 남긴 한 사내의 수렵도

탄피 흩어진 이 터의 숲을 무너뜨리고
넝쿨로 기어드는 어둠 따위 쏘아 넘기고
나는 내 시대의 젊음을 위하여
수렵도를 그려야겠다

저녁노을 자락 뭉개는 사과탄 냄새를
빈 도시락 가득 채워 올지라도
달아나는 노루와 호랑이를 겨누어야 하리라

우둔한 이십대의 화살을 뽑아
아직도 푸르게 뛰는 수렵도 사내처럼
펄떡펄떡 살아 있기로 한다

청년기가 지나더라도
포획된 용기와 젊음을 남기기 위하여
은밀히 그려놓는, 부장품으로 남길 시를 쓰는
내 젊은 날의 수렵도

# 쑥의 비밀

1
우리 흐르는 시간을 만나러 가요
산다는 것이 다 흔들림일 때
사랑 또한 강아지풀로 흔들리고
덩달아 꽃 핀 싸리나무도 흔들리는
설움의 풀섶을 헤치고 가요

얼음장 밑에 웅크린 물고기처럼
시린 눈 뜨고 있는 겨울 끄트머리라도 좋아요

후다닥 놀라 달아나는 들쥐
겨울 양식을 땅속 깊이 물어 나르던
한동안 인적 없던 길로 가요
눈 녹은 자리마다 돋아날 풀잎 보러 가요

아득히 먼 것 같으나 늘 가까운 계절들

안주하고 싶지만 등 떠미는 물소리
가뭄의 냇가를 거슬러 올라도
동굴 속 백일 동안의 양식으로도 넉넉하던
어떤 비밀 하나 만나러 가요

2

알맞게 익은 사랑을 꿈꾸어도 무방하겠지요
땅을 파고 감자를 묻어 두어요

굴뚝을 되도록 먼 곳에 세우고
흙무덤 만들어 한 대궁 꽂아두면
우리들 사랑은 흐르는 시간을 알아요

황인종쯤으로 알맞게 익은 살결
일부일처제가 머뭇거려지더라도
바람결 흐린 봄날 아침엔
근실한 시간을 벌어서 돌아오라고
엉켜진 길도 쉽게 풀릴 거라고

골라서 쑥색으로 묶어주는 넥타이
씹으면 씹을수록 향기로운 그대여

# 기다림이 자란다

그것이 무엇인지는 몰라도
성性은 있는 것인지 항문이라도 있는 것인지
지위상승과 권위와도 관계가 있는지

자라난 기다림이 눈발 속에 휘날리기 시작한다

출입구가 헷갈리는 아파트 棟 입구에서
자작나무 껍질 향기를 슬슬 풍겨내면서
이름 석 자 선명한 문패를 찾고 있다

슬렁슬렁 다가왔다 눈발은
아이와 만난다, 맞벌이 떠난 부모의 귀가 시간까지
언 손 호호 불며 미끄럼 타는 아이에게
다반사로 미끄러지다 일어서는 법을 배우는 아이에게
나의 집을 묻고 있었다, 기다림이 무엇이냐고

헷갈리는지, 아이는 어리둥절
눈짓이 화살처럼 날아와 꽂히는 나의 집 베란다
야생이던 동양란이
벌써 몇 년째 꽃 피울 생각을 않는다

움쩍거리지도 않고
잎새를 천천히 늘어뜨린다

# 온다는 모스크바
### - 1987년 겨울나기

1.
모스크바가 온다고 한다

여물솥에 김이 오를 때까지
청솔 가지 단을 풀어 아궁이 깊숙이 지펴넣고
방 안에 들어와 TV를 켜면
대머리에 거미문신 박힌 사내가
꺼덕거리며 계단을 내려오고 있다

채널을 싯푸른 방향에 놓으면
코트깃으로 귀를 가린 도시의 노무자들이
귀가를 서두르며 힐끗거리고
온다는 모스크바가 웅크리고 앉았다가
숨어서 매운 눈 씻고 있던 굴뚝새
더 깊고 푸른 어둠의 세상으로
날개를 털게 한다

드디어 아랫목이 달아오르고
짜다만 겨울목도리 대바구니에 담겨
미지의 어둠과 교신하기 시작한다

쑥의 비밀

381

화면에는 퍽 추워 보이는 아나운서가 나와
온다는 모스크바를 예보하고
나는, 너럭바위 忿冬덤불 곁에 널어 둔
그물의 높이를
내일은 낮게 조정해야겠다고
송년일지를 쓴다


  2.
아랫목에 동상 걸린 간₩을 널고
그물코같이 촘촘한 詩를 생각한다
모스크바가 온다는데…,
조막만 한, 폴짝폴짝 날아오르는, 새까만 놈 걸려들
낮은 슬픔의 詩를 쓴다고
흰 종이를 구겨 밖으로 던진다

문 밖에는 어느새 눈이 내려 쌓이고
침엽수 울타리가 날 선 작두날 될 때까지
어머니는 콩깍지를 썰고 계시다가
예순의 소매 끝을 씩씩하게 흔든다

우악스럽게 달겨들던 눈발의 군단
모스크바 사내들을 떠올리시는지,
점령당한 도시의 처녀애들
켕기던 자궁처럼 문을 닫고 들어오신다

실타래를 집어 들고 대바늘로 찍어
굴뚝새 문양을 목도리 가득
폭발음 몇 자락과 함께 새겨 넣는다

내가 구겨 던진 종이뭉치들이 자꾸 날아가
온다는 모스크바를 정찰하러 떠나고
멀지 않은 인동忍冬 숲에서
모스크바가 얼어붙은 군화짝 녹이는지
청솔 가지 재로 삭는 소리

어둠이 추워 붉은 잇몸 깨물고 있던
윗몸의 세상까지 활활 달아오른다

쑥의 비밀

# 겨울 달력

한 장 찢어내면 쉽게 오고야 말 것이 봄인 것을
누구도 모르진 않지만
갇혀 지낸다, 습기 없는 방 안에서

수직이 위태로운지 아라비아 숫자들은 떨리고
내다보는 창밖의 백목련 가지 끝은
예감인 것을…,

아내의 입덧이 시작되었다

황토黃土에서 자란 찔레 넝쿨이 폭설에 갇혀
가시를 하나둘 떨구기 시작했다

뒷짐 짚고 서성이는 달력
남은 한 장이 신종 감기를 앓는다

# 노새는 여전히 수레를 끈다

바퀴는 굴러가고 축은 여전히 버티고 있다

연대年代가 바뀌고 문명이 종족을 살해하는 동안
푸드득 푸드득 거품을 뿜으며 새벽안개 속
살아남은 노새는, 여전히 짐수레를 끌고 있다

종말은 오지 않았으므로 또 사과나무를 심어야 한다고
거세당한 슬픔조차 채찍으로 다스려 주는
아버지는, 여전히 새벽 여물솥에 불을 지피고

젊은 우리들은 팔공산 산자락에 모여 말고기를 씹는다

왠지 개운치는 않지만 죽염치약쯤으로 닦으면 되리란
암담한 현실은 대립의 수레가 되어
도시의 외곽에서조차 질겅질겅 씹히고 있다

## 가을 산조散調

라울 뒤피 씨의 화집畵集을 펼치면
절망조차 없는
즐거움의 필법筆法이 음계가 되어
툭툭 튀어 나온다

순종말의 잘 빠진 허벅지 사이로
늘어진 꼬리 너머로
관객이 되어
환호 치며 살아온 지난 몇 해

고통의 연속곡선이라 믿었던 삶
결가부좌가 풀린다

웅크림의 나무 몇 그루 당당하던 잎들이
어머니의 젖을 빨아
포만감으로 잠든 아가의 입술처럼 붉어져서 스르르
잠의 산문山門에 들고 있다

일정 간격에서 흔들리던 너와 나의 관계도
우르르 허물어져서
회오리로 뒹굴고 싶다

# 서귀포

입자 거친 해풍을 잘라낸다

물질하던 여자의 파란 엉덩이는
하늘에 뜨면서 방풍림에 가 닿고
마을은 불안한 하루를 잠재우려
아궁이마다 불을 지핀다

바다에서
땅에서
만나는 접경은 돌로 쌓이고
돌아올 사람 아무도 없어도
돌아올 사람을 기다린다

눈물 젖은 투명 막 뒤집어쓰고
깃발 높이로 새를 띄운다

하루 일을 다 끝내고 돌아누워 잠든
그녀 등 뒤 흘러내린 곡선

또 얼마나 편안한가

# 고층에서

허리 굽은 청소부의 등판이 유난히 넓어서
하체가 약해 보이는,
원근법의 차이를 이제야 알겠구나

나는 이곳에서 내려갈 엄두가 나질 않는데
아랫배가 뚱뚱한 거미 한 마리
아무런 비애도 없이
포장된 길, 버석거리는 껍질들을 쓸고 있는
지상의 세계로

엘리베이터를 타지 않고도
유유히 내려가고 있다

# 동백冬柏·1


아버지는 투전판에서 새벽에야 돌아오셨지

어머니 기침 소리로 잠재우는 새벽 머리맡
혼자 우는 녹음기 이미자 목청 반경 가득
빨갛게 멍든 언저리 쌓이는 눈

문틈으로 세상이 밝아지는 것, 다 알지 못하여
화들짝 피어난 꽃들 지는 것, 또한 분주했으니
먼저 핀 꽃부터 떨어져 기름을 남기는 행렬

나무는 언제나 깃 푸른 양복의 아버지
바람이 불라치면 하얀 중절모를 벗으며
궐련을 물고 삽짝 근처를 어슬렁거린다

넉넉한 낙법이 아름다웠던 시절의 이야기
혼자서 콩깍지 썰다 다친 어머니의 손가락
아린 피 불끈불끈 정원을, 노래가 넓히고 있다

쑥의 비밀

## 동백冬柏 · 2

늦추위에 널린 옷가지 펄럭이는 정원에
동백이 다투어 피고 지고 있다

콘크리트 잠을 깨우는 뿌리가
살아 있음을 증거하는 것이리라

시퍼런 우수의 이불을 눌러 쓴 나에게
저만치 나무는 난로를 지피고 있다

상가喪家를 다녀온 뒤로 어지럽더니
상엿소리 제대로 배워 들려주지 못해
내내 살아 있음이 부끄럽더니
왕생극락 저렇게 빌어주는 것이로구나

두 눈 질끈 감고 추락하는 꽃잎 뒤켠에는
꽃보다 오래 살아 있음에 감사해야 한다고
더욱 잇몸 붉은 아이가 태어나고

# 옻나무

1.
늙은 살결 바람에 널리는 옻나무
마을 어귀에 우뚝 서 있다

새 떼들 편대로 날아드는 저녁
집을 향해 걸어가는 우리들 어깨
빛바랜 가죽가방 흔들리지 않아도
쓸쓸함을 추스릴 수 없게 한다

기억은 책갈피에 꽂아둘 수도 없어서
붉은 잎 웃음으로 가을 시를 쓸 때
그리움의 머리칼 풀어 헤친다

어느 몸 한 구석 흔들릴 때마다, 나무는
누구의 관 위에라도 발라 줄 검은 윤기로
마을 어귀에 우뚝 서 있는 걸까

가끔은 유언과 함께 돌아온 운구차
곱게 빻아 수화물로 부쳐온 뼛가루
민들레 홀씨로 온 먼 곳의 죽음들에게도
나무는 길 밝히며 서 있다

쑥의 비밀

2.

한때는 세상이 더럽다던 아버지
마른 논둑 내리쬐던 삽날에 뿌리가 잘리고
아이들조차 원망이던 나무여

육이오 때 삼촌은 이념의 기러기 떼와 동행하였고
도시의 물꼬를 틔우러 누이는
기지촌 어느 흐린 하늘로 떠나고
할아버진 징용으로 사이판 테니안 어디쯤
이름 모를 군도에서 서신 끊어진 내력을
흔들림만으로 입 다문 나무여

어릴 적엔 크나큰 두려움이더니
나이 들수록 가을 편지처럼 소슬하여라
금성초등학교 지름길 등굣길은
너로 인해 둘러서 가던 두려움이더니
근질거림의 향수를 키운 걸까

검정 소 오줌발로 다스리던 가려움이
오늘 아침 땀 젖은 베개 깃 언저리
살비듬을 떨구었다

3.
가지의 반경에 눈이 내리면
하얗게 시간이 바래어 갈수록
가려운 상처를 아물리려는가

먼 여행에서 돌아온 옛 머슴 김씨가 요즘은
마을의 옻나무즙으로 관을 칠한다는 소문도 들리고
하나둘 대처로 떠나간 이웃들
잊힐 리 없는 근질거림으로 남아 있을까

튼튼히 뿌리내린 나무는
너로 인해 길이 멀어 원망이더니
모진 바람에도 당당히 살아남았구나
썩지 않는 기다림을 진으로 뽑으며

## 오동나무를 생각함

오동나무를 생각하다가 편지를 쓴다

떠나간 이웃들 안부도 궁금하고
아픔 짓뭉개질 때까지 혀끝으로 다스리는
치통의 치유법이 불면을 흔드는 밤

편지를 쓴다 고향 집의 늙은 나무에게
예고된 태풍의 이동경로를 적어 보낸다

시멘트 숲이 밀집의 쾌감을 날리는 도시에서
창가에 호롱불 밝혀 두고 누군가를 기다리는
누님의 풀지 못한 옷고름을 연상한다

내가 맨 처음 울음을 배울 때 벌써
나보다 한 치 더 크던 누님은
움켜쥔 고통의 손아귀를 내려다보았으리

내가 쪼개어져 불이 될 것을 예감하는 동안
나무는 열 배는 더 자라서 점점 속을 비우고
날숨과 들숨 사이 쉬임 없이 피우는 꽃들

나는 시방 그런 나무를 생각한다
한낮의 더위를 삼켜 그리움이 되는
뿔뿔이 흩어진 다정하던 이웃들
서른 살의 여름밤은 누군가의 그늘이 되어줄
오동나무를 무수히 흔들며 편지를 쓴다

손을 뻗치면 닿는 곳에 냉수를 준비하고
빙하기 피막을 뚫고 싹트고 있을
아직 태어나지 않은 나무들에게도 안녕!

기름 심지 타고 오르는 호롱불 지피고
체관부 수액처럼 신열을 앓는다

# 태풍 이후

동물원이 있는 공원엘 갔다가
보았다, 바람을 만나기 전 나뭇잎들이
사슴의 눈빛을 두려워하는 줄 알았는데
바람 이후 떠났다 돌아온 새 떼들
도시 전역에서 몰려온 사람들

잠시 갇혀 지냈던 욕망을 두려워한다
원색 의상을 걸친 왕성한 식욕들
튼튼한 철망을 배경으로 사진을 찍는다
잠시 돌보지 못한 몸짓을 뽐낸다

암울한 담장 밑으로 승용차를 끌고 와서
바람은 여자의 구두굽 뒷축을 밀어 올리고
그 곁, 속이 빈 오동나무 한 그루로 서 있으려니
다치지 않은 채 서 있으려니, 부끄러운 한낮

정말 아무 일도 일어나지 않은 것처럼
배경마다 찍힌 짐승들의 표정
이빨 드러낸 한 장면의 사진을
얼마의 시간 지난 뒤에야 발견하게 될까

지상엔 비 개인 가을 햇살에
계면쩍은 물결로 흔들리는 달개비꽃
아무 일도 없었던 순간마다 꽃을 피우고 있다

# 겨울 덕장에서

어둑한 저녁 황태들 진눈깨비에 젖는다

광야에서 넓은 것 모르고 몰려다니다가
그물에 끌어올려져서 풍장으로 몸 널리는
이곳까지 밀려와 본 사람은 알리라

출렁이지 못하는 생활이 밤새도록 파도쳐도
실낱같은 갈비뼈 몇 날 흔들리는 한계령

모래로 쌓은 집들의 창이 하나둘 등불이 켜지고
언젠가 돌아와 쉬어야 하리란, 예감이
오늘의 생활이 불안할 내가 찾아가는 겨울 덕장

소주병 주둥이 위에 쌓이던 진눈깨비가
입 벌린 골짜기에 내려놓은 추위 한 자락
가라앉아 있던 섬을 일으켜 세우는가

이리저리 긁힌 채 눈물샘부터 말라가고
입 벌린 황태는 어느새 펑펑 눈발을 삼키고 있다

끼룩이는 물새 떼 해안의 뱃머리는 그리워져도
쓸쓸함이 더해지는 존재의 처소處所

흔들어 보면 한 줄에 꿰어진 것을 알기나 하랴

헛배가 자꾸 불러온다
비닐포장 처마 위에 눈이 쌓이고
얼음꽃 차디찬 이마 뉜 고등어들
비린내 상자에 잠겨서 지느러미를 꺾어
파도 반사되는 소금알 몇 개를 말린다

눈 치켜뜨고 살아가라고
사람들 얼마나 싱싱한가를 물어오고
가게주인은 몇 홉 소주에 취해
코 골며 망을 보는 한 폭 그림 속
어머니 심부름으로 달려온 아이 하나
빈손으로 돌아갈 수 없어 서성이는 겨울 저물 무렵

살소름이 점점 섬으로 돋아나도
바다 앞에 멈춰 선 벼랑처럼
내가 발라낸 잉크는 미끄러지지 않고
머뭇거리는 추위 몇이 얼핏 보인다
앙상한 활굽이 등뼈로 누워
칼도마 위에 얹혀질 순간을 기다리는가, 다물지 못한 입들

스물스물 죽음 도려낼 칼날을
귓밥 얼얼하게 지켜보고 있던 나는

분명 새겨 넣고 싶은 것 있어
굳은 피 혈관 속으로 세모칼을 밀어 넣는다
흰 등뼈로 누워서 살 수만은 없음을,
그리하여 완성되는 겨울 판화여

찢어진 부레로 눈발은 가볍게 내리고
싱싱한 뼈도 일으켜 세워야지
허무와 슬픔 뭉쳐진 대가리는
어느 집 싱거운 개가 물어갈지라도
가물가물 흐려진 풍경 속에 찍혀질
몸뚱아리 너는 늘 푸른 원목이여
나이테 눈물 중심부에 과거도 그려 넣어야지
사람들 허기져 바라보던 고등어
내장 꺼내 던진 서러웠던 날도 있어
온기 나누고 싶어지리라

아직 불붙지 않은 숯불심장 위로도
세상의 죽어 있는 것들에게도
소금 같은 눈발 한 줌 뿌려주고
불기둥 속이라도 펄떡펄떡 달려나갈
지느러미를 아프게 새겨 넣는다

# 목련을 심으며

땅을 판다, 꽃 피려는 묘목을 들고

아우성 한 자락 찍혀 나오는 황사바람 속
지난날 압록을 건너왔을 무리들 앞에
암담했던 백성들 표정도 떠오르는
녹슨 파편도 가끔씩 찍혀 나오는…,
땅을 판다. 성급한 백목련은 등불로 걸어
꽂아 넣아 봄날 천지에 휘날리거라
벌레 먹은 어금니가 아파와도 땅을 판다
가끔 돌을 찍어 튀어 오르는 불꽃
신경다발 얽힌 구덩이 속으로 밀어 넣는다
혀끝에 먼저 핀 꽃잎은 뚝뚝 떨어져
거름이 되어주는 다정함 위에 물도 뿌려주면서
아버지 광부 시절 쓰던 닳은 삽날로
가위눌림의 하늘일랑 묻으려 땅을 판다
기름먼지 날리는 매립지이거나
완강히 버티는 흙의 반경을 넓혀
판 땅에 고운 흙 다져 넣고 기도를 한다

다가올 새봄엔 함박웃음 터트려라

모래가슴 슬픔의 속눈썹 몇 낱도
파낸 땅에 깊이깊이 묻어 준다

# 낙화의 경지

#### – 반성

비 온 후의 땅에 떨어져 뒹굴까
푸른 열매로 맺혀 볼까

우리의 원로시인 한 분은 낙화를 주워 모아서는
어느 부인의 펼쳐든 치마폭에 얹어주기도 했다는데
나는 그런 경지까진 아직 멀다

공식적인 인정받기와도 거리가 멀고
바보 취급받기 십상인 시 쓰기를 일삼고 있다

몇 번인가 주삿바늘 눈물도 맛보면서
썩어가는 밑둥의 상처를 다스리지만
5월의 석류나무는 너무 맵다

내일은 숨결 끝에 꽃을 매달 수 있을까

펼쳐든 치마폭의 너비조차 짐작하지 못한 채
꽃을 지우려는 몸짓이라니
피우기보다는 지우는 경지가 까마득하다

누구에겐가 약이 될 떨리는 수술들

# 아주 작은 사랑을 말할 때까지는

어항 하나 놓아둔다, 눈 뜨면 생생하게 보이는 방 안에
잠시라도 무료함을 감금하자고
금붕어 몇 마리 풀어 놓는다

뒤쪽 베란다에는 단풍나무 분재가 바람을 일으키고
출렁이는 지느러미에 흔들리는 가로등 불빛
나의 아파트 거실 한켠에는
얼마간 살아있는 그림자가 어른거린다

정열적인 사랑의 행위도 보여주며
어둠쯤은 잘게 썰어 삼키는지
내가 아무 말 없이 문을 열고 들어서는 순간에도
세상에 너무 많은 말 흘렸음을 알게 한다

염색된 네 피부조직을 나는 꿈꾸었구나
추스려 낸 뼈로도
말 다 증거할 수 있을 것을,
던져주는 먹이의 매끄러운 배경에서 얼마간 행복을 느낄 테지만,
나는 알지. 아주 작은 사랑을 말할 때까지는
삶은 얼마나 처절한 몸짓이어야 하는지

물고기 한 마리씩 비늘 떨어지고
인조풀에 지느러미 찢겨도
뭉개진 살가죽을 물 위에 둥둥 띄울 때까지는
나는 그래도 유리 우주 안에선 당당하다

우리들 메마른 사랑에는 물풀 키우고
물레방아도 돌려야 하리라, 아주 작은 사랑을 말할 때까지는
물고기, 헤엄치는 뼈의 앙상함을
살아있는 눈길로 투시해야겠다

쑥의 비밀

## 그대 곁의 맨드라미

잠든 그대가 아름답다
산 너머의 산들이 보이지 않고
쫓을 짐승도 없는 천장 아래엔
구름 문양 몇 잠결에 스치운다
뙤약볕 마당 가의 맨드라미
장닭의 벼슬처럼 잔잔하게 흔들리면
그제야 꽃으로 떨리우는 사람아
외출에서 돌아와 부재중일까 닫힌 문을 열면
살폿 눈을 뜨고 잠든 그대
속눈썹에선 물가지수가 흔들리고
하굣길 아이들 함성이 꽂혀 있다
곁엔 잡을 짐승도 피 흘리는 창날도
없다. 멀고 가까운 문밖 꽃피는 찰나도
노자도 장자도 노태우도 후세인도
학벌도 강자도 약자도 쥐뿔도
없다. 가계부도 조간신문도
모두 검은 피를 말리고 있는
잠든 그대 곁에 서면
깨알같이 남은 날들이 아름답다

# 겨울 풍선장수

그대 손끝에서 빗살무늬로 불어오던 바람이
내 손에 쥐여지면서
수직의 비상을 꿈꾸고 있다

간이역에는 허우대 멀쩡한 젊은 사내가
풍선을 팔고 있다, 새털 같은 희망 나부끼던 유세 철 지났어도
쥐여주는 오색의 풍선
당락이 결정된 오늘에도 팔고 있다

오므라든 입구를 밸브에 끼워 넣으며
무엇인가 채워 넣어야 부풀리는 사랑
그것은 기차가 떠나고 남은 뒤의 여백

불 꺼진 톱밥난로에서 뿜어져 나오는 기대 같은
채워 넣는 것이 공허할수록 부풀리는 살갗
인근 소나무 숲에도
드문드문 걸어주고 있다

뿌리 얼지 않았음을 증거하는 나무들
"아직 희망 있다" 웅성거리며
잎 진 가지 사이로 총총 띄우는 별

## 사는 法을 묻는다

걸음마 배우는 아이들에게
사는 법을 일깨울 수 있을까, 겨울 강엘 갔었네

꿈이 잘 흐르지 않는 허릿살 흔들며
뱀이 개구리를 삼킨 듯 흐르는 여물목
혹여 미끄러지는 법이라도 배워올 수 있을는지

오리족族을 만나러 갔었네. 후두둑 깃에 묻은 어둠 털고 있는
얼음판 위를 뒤뚱뒤뚱 걷고 있는
주둥이들 제법 사는 것다워 보였네

저것 좀 봐! 새벽 강을 깨우는지
부족함뿐인 삶을 쪼아 물속 깊이 담그고
진흙 속 미꾸라지며 우렁이를 건지는 행렬

동태凍太 아가리같이 얼음 채워진 물이랑 위를
얼어드는 속도보다 빨리 걸어가네

때 낀 손 퍼득이며 씻고 있는 것일까
식구들 아침 식탁을 위하여
어쩌면 저렇게 다정한 아버지의 역사가 있을까

406

새는 어느새 녹슨 바큇살을 굴려 와
팍팍하게 이마를 짚고 있었네

누워서 보채던 우리들의 다친 꿈에
햇살은 발바닥 실핏줄에 불끈불끈 힘을 주네

융단처럼 깔려와 겨울 여울목 오리 씨氏는
사는 법法을 묻는 내 추운 어깰 감싸네

# 염쟁이

1.
도시 외곽에 있는 나의 집에 짐꾸러미를 부려 놓았다

오염된 주검들 묶어 낼 거라며
크고 검은 손을 가진 그는 잘 부탁하오, 인사를 부벼 끈다

어떻게 살아야 되리란 말도 없이
어떻게 죽어야 좋으리란 것을 증명이나 해 내려는 걸까

내가 무를 뽑고 들어서는 마당 가득
흩어지는 톱밥햇살 곁에서 튼튼한 목재로 관을 짜고 있다
썩으면서 언젠가 무너질 몸뚱이라며
햇볕 들지 않는 홈을 파고 욕망의 솜털까지 밀어내는
그의 대패질은 죽음에 닿아 있다

별조차 헤어보지 못한 나이는 부끄러움의 솜털까지 밀어내려는가
달겨들어 목뼈부터 바로 뉠 것 같은
하늘 맑은 집의 목재를 깎고 있다

영원히 피할 수 없을 것 같은 그는 껍데기에 불과한 허욕의 부분들
가지로 박혀있던 옹두리도 빛나게 못 자국 하나 없는 관을 짠다

누우면 언제나 별이 보이려고

408

2.
살아 있을 적 고통보다도
남겨질 이름 석 자보다도
깊고 깊은 우리들 손과 발의 못 자국 달빛 붕대로 감싸준다

언제나 품속에 달을 간직하고 병풍으로 가리워진 이승의 뒤켠
빠른 손놀림으로 하얗게 피우는 찔레꽃
깎는다, 어둠 긁어 얼룩진 손톱
쉽게 묶이지 않는 미련마저 결박 지운다

무엇이든 타넘는 달빛을 가져야 한다고
어지러운 빗방울 시 쓴다고
타자기 두들기던 나의 팔에 탕탕 기름을 치기도 한다

껍데기로 살다간 사람을 묶고 저승길 노잣돈 물리고 온 날이면
영락없이 소주병 차고 내 방으로 스며
퍼렇게 차오르는 무청 머리칼 뒤흔든다

안주로는 날 무를 씹으며
네놈의 미미한 고통도 언젠가는 묶어내리라고
언어들 잘 좀 다스리라고……,

양철가슴 언저리를 노크하는 검은 손
다짐처럼 흔들고 사라진다

# 쑥맥의 詩

쑥맥이다. 詩를 쓴다는 것은
제대로 쑥맥이 되어야 한다. 밤새도록 하얗게
알던 지식들을 모도 지워야 한다

어머니가 팔공산 갓바위에서 누군가를 위해
기도 마치고 남겨온 황초에 불을 당겨
신문기사에 중독된 눈을 씻는다

포스트모더니즘과 모더니즘의 차이
인류학과 인간학의 차이마저도 동일선상에서 지워버리려 한다

버석이는 이웃들 기침 소리와 갓난애의 보챔
수산시장 경매 보러가는 트럭의 시동 소리
창밖 노간주나무 간질이는 진눈깨비 소리로
未堂의 근작 시들을 깔아뭉개는
그런 시를 쓰겠다는 엄두조차 버려야 한다

촛농이 뚝뚝 떨어진 원고지 위
연필심 얼씬도 못 하게 하는 반란의 겨울은
서점까지의 가까운 길도 지워져야 한다

기름으로 피우는 불은 초의 것이 아니듯
나의 영혼은 나의 것 아니게
씨 뿌리는 법 알기 이전의 암각화岩刻畵가 향기롭게 느껴질 때까지

쑥차를 마시며 새는 밤은 쑥맥이 되어야 한다

# 모과

처음 공중에 매달릴 때에는
여느 꽃이나 다름없이 자태를 피웠으리라

열매 맺고 자라다 보면
이리저리 맞는 바람의 매
그러나 저러나 그래도 자라긴 마찬가지
노랗게 가을로 물들어간다

탁자 위에 얹어 놓고 바라보면
너와 나, 웃음 절로 나는 세계여

한 광주리에 담기면
높은 곳에 매달렸던 놈도
낮은 곳에서 아이들의 시름이 되던 놈도
다 같은 향기로 코를 부비고 있는 것을

꼭지 빠진 한 시대의 너와 나
썩어가는 것이 향기로운 것임을
조금은 알겠네

목감기 앓는 아이들을 위해서는 잘게잘게 썰려져
끓는 물에 몸 담그고
화해의 즙이라도 되어야겠네

# 부력浮力을 찾아서

### 1. 을숙도 行

황당하게 빈 하늘을 흔들어 본다

흔들려 보면 안다. 탄소측정법으로도 확인할 수 없는
색바랜 깃털 모공의 체온이 모터를 돌려
보트처럼 잔물결에 떠다니고 싶다

햇살에 밀려 정박의 닻 내리는 그곳을 무덤 혹은 집이라 부른다

개헤엄쯤으로 버둥거려 보지만
웅크림이었던 자궁 속을 꿈꾸는 게 낫겠어
차라리 낫겠다는 생각의 가벼움들
모래주머니도 없이 눈길 엑셀로 달려온 을숙도 行, 봄은 北으로
날아갈 새들
내일의 희망에 찬물을 끼얹는다

오염된 동공이 망원렌즈로 다가서면
진흙이든 수면이든 박차고 날아오르는 새들

### 2. 삼류극장에서

퇴화退化된 인간의 꼬리뼈쯤에 부력이 남아 있을까

새들 날아오르던 대한뉴스도 없어진 지 오랜

삼류극장엘 갔었다

곧바로 시작되는 관계들이 관례가 되어
속속 유행처럼 번지는 도시에서
사내는 무너지지 않는 힘이 강조되어야 하지
여자에게 수천 번 수혈해도 무너지지 않는
풀잎처럼 흔들릴 땐 흔들릴 줄도 알아야 하지
뿌리는 단단하게 흙을 움켜쥐고
목이 타는 침묵으로 영화를 보았다

그런 영화가 끝나고 누구 하나 심각하지 않아서
경계의 시린 눈을 풀고 몰려 나가는 사람들
가마 속에서 잘 구워져서, 제시간에 맞춰
식기 전에 집으로 가고 있었다

다음 영화를 기다리거나 이유 없이 남아 있거나
구름 문양 설설 담배를 피워 물면
수렵하던 사내의 족적이 그리운 백자의 표면

스크린에 더 이상 영사기가 돌지 않는 동안

어둠 속으로 심각하게 날아오르는 새들

3. 폐차장 풍경

나 한때 떠오름을 꿈꾸며 붕붕거렸지
부질없는 희망이라는 거, 이제야 알겠네

망가진 것을 누가 추억이라 말하리
한때 발 빠름을 자랑하던 바퀴들

깨어지고 녹슬어 무릎 꿇은 현장에 서면
찾던 부력은 속도와는 무관한 것임을 알겠네

고속전철일까 자기부상열차마저도
언젠가 네 곁에 망가져 누울 것을 생각하면
차라리 예리한 창날에 찍힌 물고기
누군가의 공복에 살을 제공하고 남은 뼈

가을 햇살에 화석으로 말라가는 것이 눈부시게 아름답네

더욱 웅크려야 뜨는 법을 배우겠네

# 달팽이

지퍼가 채워진 가방을 들고 집으로 간다

무거운 짐을 진 자는 다 내게 오라는 말씀도
일간지 아파트 광고란도, 접어 넣고 집으로 간다

뒤집혀 모두 외상 입은 환자가 되는, 꿈 저절로 꾸어지는 무법의 버스
를 타고
가는 동안 손을 가방에 넣으면
아침 인사 건네오던 아이들 웃음 뭉클하다

어느 풀밭에 펼쳐놓아도 부끄럽지 않으라고
싸준 아내의 도시락, 약간의 고춧가루 참기름도 떨군 단무지빛 저녁노
을이 고운 오후
서쪽의 집으로 간다

차창에 어른거리는 허기진 자화상은 기다릴 것 없는 기다림이 역겹다

귀에 더듬이 하나를 달고 오늘도 집으로 가는 사람들 틈
모두가 추측으로나 가능한 가방을 들고
입구가 밀봉된 너털웃음 흔든다

젖니처럼 맞물린 자크를 열면
한낮 동안 무료를 달래던 호도 두 알뿐
식구들 앞에 꺼내 놓을 것 없어도
강대국 순방 떠나는 가방처럼 당당하게
우아하게 흔들수록 가방은 나를 들고 집으로 간다

집마저 들고 어기적 기어가는
에라이, 징그러운 새끼야

쑥의 비밀

# 방 · 1

누군가 충전되어 떠난 흔적이 고스란히 남아 있다

벽에는 땀 흘리는 누드 그림 걸려있고
아라비아 숫자들은 바지 끈을 추스린다

바닥에는 웃음 깨어진 귤 하나

나는 꿈꿀 권리도 포기한다
기척 없이 흘러든 바람에도 향기를 실어
문틈으로 흘려보내지만 반가운 소식은 들려오지 않는다

기름기 빠진 음모 하나 뽑아놓고
비 온 아스팔트에 나온 지렁이처럼
흙의 세상을 그리워하는 동안
오아시스 밖의 사람들은 내가 방을 비워주길 기다린다

먼 담장에서는 갓 젖을 뗀 아이가
모둠발로 나의 방을 훔쳐보고 있다

누구나 이곳에 와서 누우면
껍질 벗는 쾌감을 얻기에 충분한 그런 방

418

비워주는 것 또한 다 의무로 느껴지는
그런 방 하나 지어 놓아야 겠다

이곳에 와서 누워 보시기 바람

조금이라도 위축되어 본 경험이 있는 자들 모두 환영함

# 방 · 2

문밖은 짐승들 발톱이 휙휙
겨울나무들은 참기름을 바르고
적은 나를 기습하고 있다

누우면 하늘은 보이지 않고
수직으로 늘어진 것은 형광등 스위치
불을 켜면 아, 나는 두 평 반에 끼어
젖은 장작개비로 말라간다

그대들 다비식茶毘式을 기다리는 동안
아무런 기척도 없는 텅 빈 방
먼저 떠나간 사람들이 가끔씩
전화벨 소리를 흘려 넣는다

껍질의 욕망을 벗고 싶은 나는
촘촘히 짜인 명주이불 눌러쓰고
연꽃 피는 연못 속의 세상을 꿈꾼다

충전의 기쁨으로 다시 태어나려
지난가을 나방이 썰어놓은 목재 창틀의 알
수런수런 껍질 녹스는 소리 듣는다

누굴 위해서가 아닌 나만을 위해
방호벽을 쌓으며 살았던 날들에게
이제 네가 기습할 차례라며
누워있는 팔목 발목을 겨냥하자

사방에 박혀 있던 못들 움츠렸던 허릴 펴고
비수처럼 떨어져 내린다

# 칼을 갈며

겨울 내내 매달렸던 인동 열매는
봄바람에 콩깍지처럼 썰려지고
마을 가까이 내려왔던 산짐승들 도주하며 삭은 똥을 남겨
어둠에 잠긴 나의 집은
녹슬고 있다

흑백의 버무려짐을 꿈꾸던 사내에게
칼 가는 일은 의무로 떠맡겨지고
풍경의 썩은 가지 싹둑싹둑 잘라내야 하리란
다짐 몇 개도 등불로 걸려 수런거린다

무능도 단칼에 베어질까
숫돌에 속살까지 문지르면 연대의 능선이
고등어의 등처럼 빛날까
손잡이까지 물든 녹물 지우려면 고통의 시간이 필요해
색바랜 추월랑 단칼에 베어내야 해

싱싱한 봄나물 밥상에 오를 때까지
우리의 가난과 무관하지 않은 불협화음들

도려내야지

눈 아직 녹지 않은 먼 산까지 쓱싹쓱싹
신김치 밑동을 잘라낼 아내에겐
속속 버무려진 고춧가루 동강나는 비명 소리에
나도 꽤 쓸만한 사내임을 들켜버리리

그런그런 그런그런 그런그런
집안에는 칼 가는 소리 그득하여라

# 청령포淸冷浦 가는 길
### - 도중하차에 관한 기억

   1.
  가끔씩 길은 좁았다

  버스를 타고 초행의 길를 달리다 보면 무심코 내려 버리고 싶은 곳이 있다. 멈춰야 할 이유가 분명하지 않듯 우리의 삶 또한 그러하리라. 오늘은 갈비뼈 같은 강원도의 능선을 지나다가 눈발에 취했다. 드문 인가의 마을 구멍가게 앞에 잠시 멈춰 서는 버스에서 얼떨결에 내렸다. 처마 끝의 고드름 살쪄가는 풍경이 쓸쓸하다

  슬레이트지붕 골마다 눈이 쌓여 건물의 안쪽에서 바라보는 밖의 풍경은 깨어진 유리처럼 살벌하다. 성난 이빨에 삼킴 당할 듯이 지나온 날들의 길들, 혹은 문명文明의 반어법들…, 문설주에 기대어 북어 몇 마리로 말라간다

  위태롭던 생태계의 먹이사슬에서 탈출한 쾌감이러니! 잘게 부서져야 할 살과 뼈들 고스란히 말라가는 풍장의 현장. "상당히 위축되어 있군" 내가 건네는 말에 즉각 답으로 건네오는 북어의 말을 빌리면

  "취하기나 하시지!"

   2.
  소주일까 맥주일까 구분할 수 없을 정도로 취하고 싶다. 서 있음이 거

북하면 엎드려서(직립원인 이전의 인간은 본시 엎드림의 세계 아니었겠
는가만은) 무의식적 행위처럼 옷을 벗으며 눕던 女子의 알몸 같은 눈 내
린 밭고랑을 목마름으로 바라보리라

   가끔 길은 흘러가다가 개울도 만나리라. 무심코 내려 선 읍리의 변두
리, 제대로 주인을 만나지 못한 모가지 엮인 북어와 대화 도중 이곳이 청
령포清泠浦 가는 길이라니, 분명 영월 땅임엔 틀림없을까? 눈 뜨고 코 베
이던 절망보다 한술 더 뜨는 내 어눌함의 실체가 지명의 낯익음에 발목이
묶인다.

   끝내 오지 않을 막차는 기다리지 않기로 했다

   3.
   삼십대가 벌써 삶에 무게를 지우다니!

   목 잘린 수숫대 병기처럼 도열해 그 위로 내리고 우수수 눈발들은 잘
게 쪼개어져서 버석임을 풀고 있다. 오지 않는 막차 동승하자며 코트깃
이 젖은 승려 한 분 반 마장쯤에서 걸어온 눈발을 풀풀 털고 문안으로 들
어선다. 숨이 차서 한 잔 더 따라 마시는 동안 이마 번듯한 사내의 정선아
라리 가락과 떠나지 못하고 눌러 앉은 이유가 무지하게 춥게 한다

   이러다가 발목 묶이는 건 아닐까? 움찔움찔 겨울바람이 송림 너머에서

425

불어와 수수밭의 고요를 흔들고 있다. 금표비禁標碑의 밑동이 더 깊이, 단단하게 얼어붙어 버릴 것 같은 나의 불안에도 연탄난로 위에는 벌겋게 달아오른 불구멍을 삼키며 발랄하게 엉덩이 부풀린 북어가 꿈틀거린다. 참안주 삼기엔 아까운 살갗이 타는구나

東西三百尺 南北四百九十尺
좁던 길들이 다 지워지고 있다

# 풍선 불기

1.
내가 풍선을 부는 것은
미세한 공기의 입자를 가두기 위해
숨 쉬는 것, 혹은 살아 있음을 증거하기 위한
몸짓에 불과하다

내가 후후 풍선을 부는 동안
폐활량이 작은 아이들은 엉엉 울기 직전의 바다처럼
긴장으로 고요하다

그만, 그만! 소리치고 싶지만
불어 넣는 권위와 허세에
알전구 아래서 묶여질 순간만을
초조하게 기다리고 있다

2.
알고 있다. 벌써부터 아이들은
이미 어둡고 칙칙한 도시의 허파며
代 이어 가난을 다스려온 화두 따위
(주둥이는 그만 묶어 두어야지)

허세의 즐거움을 누리는 아버지와는
세대 차가 난다고 한다
(당당함의 실체를 모독하다니,
고얀! 색깔론에도 먹혀들지 않다니!)

부추기는 감정에도 억지라는 것을
하나의 표정으로 일축한다

모든 것이 허세에 불과하다는 것을
벌써부터 알고 있었다는 듯


  3.
면류관 가시 돋친 엄나무 분재 곁
혹은 잠드는 우리의 머리맡에 놓아두면
몇 번은 밤의 문설주 근처에서 둥둥

승리의 북채로 떠오르기도 하지만
바람 빠지는 쓸쓸함으로
움츠려드는 젖은 당신의 어깨

수박 속 같은 아침을 기다리는 아이들은

다 짐작된 듯한 표정이다

잠들지 못하고 기다리던 아이들 머리맡
노동에 패인 어깨를 끌고 돌아와
차라리 반질한 시집 몇 권 대신 갈증의 새벽을 위하여
산수박이나 한 통 놓아둘 것을

더듬거린 손끝 칼이 두려워 풍선이나 불고 있는 아버지라니!
너무 늦어버린 너무나 늦어버린
중독의 살갗이 부르르 떨린다

# 무리한 충치극

1.

치통은 가끔씩 혹은 주기적으로 계산돼서
메스껍도록 매스컴을 타기도 하면서
우리의 입안에 자릴 잡는다

그럴 때마다 그들이 올 때마다
한여름 도로변 꽃으로 나와서 손 흔들곤 했지

토끼의 나라 치통에 잠긴 날에는
아이를 데리고 치과엘 가야 한다
근처의 개들 슬슬 꼬리 감추고 없는 길
장난감 가게 앞을 지나도 졸라대지 않는 길

쇠절구가 내려와 신경다발 빻아 놓으면
폭포수가 떨어지는 순간 멈춰지던 고통의 실체

가려움과 잔 상처 따위엔 무관해지는 법을
배우며 자란 진통제들, 어른이 되어서 만나는
우리들 아이들을 데불고 가는 길은
여전히 붐빈다

2.

치통처럼 아픈 살아남은 자들의 슬픔
읽던 팔십 쪽 여덟째 줄 기억해 두고
산을 오르기로 했다.

치유될 수 있을까 싶어서
애드벌룬 띄운 백화점 바겐세일 코너에서
등산화 한 켤레 땀 젖은 발을 감싼다

화학공장 굴뚝 연기 풀리는 산업도로 지나
골재석 튀어 오르는 발파현장 지나면
길은 우회곡선 다음은 반드시 좌회곡선
터널을 지나면 빛이 더욱 눈부시다

우리의 고통은 대추씨만 한 이빨이 아니라
뿌리내린 신경다발 깊숙이 숨겨진 잔당들

계곡의 폭포라도 맞아야 시원해질
체질도 이상한 연대를 살아왔구나

궁금하다 오늘의 치료법은
누구의 소설 속에서 더욱 경쾌해질 것인지

# 수수깡 안경

흔들리지 마, 가볍게
미끌리지도 마
입김으로 유리를 닦지 마

무너지면 다시 일으켜 세우는 거야

수숫대라도 쪼개어 서로를 묶어주어야 할
애증의 고리 혹은 테를 만드는 거야

이분법적인 논리도 하나가 되게
이 안경을 쓰고 하늘에 기도하기는
튼튼한 동아줄을 내려 주소서

수런거림 없는 꽃밭을 향해서는 과감히 부고장을 던지라구요

밤새 교통사고 당한 가로등
진상규명과 명예회복 따윈 먼지 같은 것
이 안경을 써 보면 다 보인다구요

멀리서 가까이서 흔들리는 물결
눈 녹은 자리마다 달라붙은 개들도 보이지요

어떻게 쫓아내야 할 것인지
윤리적인 핑계로 난폭성을 감추진 마세요

개들 반복적 행위에도
이젠 무관해져
이 안경을 한번 써봐

# 돌 깨는 사람

"갱"이라 약칭 이름 불리는 사내
우리식 발음의 정날소리를 닮은 일본의 조각가 히라데쯔까 겡이찌
야이노므새끼들빨리빨리깨라
군홧발 핑핑 날던 약탈의 철도 공사판
다부진 어깨가 문득 떠오른다

어데도 원폭의 냄새는 배어있지 않은 사내여, 미국의 심장 뉴욕의 거리에서
어딘지 익숙한 발음의 돌을 깬다
생애보다 오래 남을 것이 화석이라며
길바닥이건 공원의 정원석이건
처음과 끝 알 수 없는 길을 새기는데

환경파괴죄목으로 잡아 가두었더니
예술가라 인정되어 풀려났다는 사내 머리칼도 빡빡 밀어붙였다
먼지 털어 낼 시간도 아낀다며 세계적인 연주가와 협연한다 하니
예술잡지들은 야단법석이다

티브이는 파리, 뉴욕, 동경을 동시다발로 엮고
한바탕 어우러져 난리를 치는 인터뷰기사
애인의 신체 어느 부위를 좋아하냔 질문에
서슴없이 성기! 라고 답하는…, 부끄러워라. 지랄 같은 동양놈

그러나 왠지 어설픈 사내
그 옛날 돌 깨는 법을 배워 갔으나
황산벌 애태우며 쪼던 사랑
아사달 아사녀 우리네 석공의 상사에 비하면
오늘을 촌스럽게 하는 너의 돌 깨는 소리
지난날 치욕보다 선명하게 들린다

그러나 팍팍한 현대예술사 한쪽
사내가 피워 놓는 돌꽃의 어질머리

쑥의 비밀

435

# 기상도

예감으로 떨고 있는 나뭇가지 위
달라붙은 서릿발 툴툴 털고 날아오르는 새들
누구도 가르쳐주진 않았지만
서른 살의 나 정확히 겨냥할 수 있었지

그해 물푸레나무 가지들은 여러 번 꺾이고
고무줄을 걸어 날리던 돌멩이
낮은 구릉을 쏘다니며 새를 쫓던
나의 어린 시절 날씨 읽기는
과녁의 떨림으로 충분히 짐작할 수 있었지

빈집을 남기고 이웃들 하나둘 대처로 떠나갔고
난 서둘러 서른 살을 마감하고 싶었다

집의 처마에 이를 무렵 쫓아온 비는
지붕을 적시고 기둥도 적시고
드나들던 방물장수 눈금도 하얗게 지워지고
결제 못 한 카드는 또 신용을 잃는다

집에는 제비 새끼들조차 날아들지 않고
기억 속의 폐가는 거미줄에 갇힌 감옥

예감들은 나방의 살갗으로 말라간다

도시여! 너 또한 살과 피 다 먹히고 나면
서른에 서른을 더한 나이에는
어떤 지붕 아래서 비를 긋게 될는지?

약해질 대로 약해진 팔다리를 위하여
시간에 쫓기다 주말이면 인조人造 암벽에 오른다

아직 예보되지 않은 곳에서 몰려오는 적들
어떻게 감지할 수 있을 것인가
전자오락실에 드나드는 아이들은
순간순간 예고 없이 다가오는 적들
잘도 포착한다. 따라해 볼수록 어지러워
순간순간 변해가는 미래를 짐작이나 할 수 있을까

한눈에 내려다볼 수 있을까
변덕스런 날씨에도 무관하게
주말이면 더 높고 매끄러운 각도에 매달린다

# 늦어진 편지
## - 전선의 아우에게

뭐라고 써야 할지
네가 건강하길 빈다고 쓸까
지켜주는 덕분에 온돌에서 우리가
따뜻한 등을 눕힌다고 쓸까

처마에 들지 못한 새 노간주나무에 웅크린
삽화插畵의 한 장면은 정말 추워 보인다

이념보다 지켜내야 할 이 땅의 추위에 대하여
적막에 대하여 일찍이 나 또한 체험한 바 있어
적당한 위로의 말이 떠오르지 않는다

여기는 물속 여기는 물 청노루 울음 나와라 오버
당당하게 살아가잔 너의 말
부릅뜬 눈으로 클로즈업된 사진을 보내온 아우여

방한모 눌러쓰고 엠16 총구를 받쳐 든
너의 사진 배경背景에서 나는 본다
디엠제트 짐승들의 상처 난 발목과 철조망 아래 통로를 내던 두더지
막힌 길 뚫리기를 기다리며 사는 이웃들
그러나 너는 지금 봄볕이 그립겠지

식구들과 둘러앉아 저녁엔 라면을 먹으며
인스턴트 맛에 대하여 이야기했지
벙커에서 밤참으로 끓여 먹던 군대 시절
오늘은 달걀도 깨어 넣은 라면을 먹었다

봄이면 철조망 너머 눈 속에서 피던 꽃
노란 꽃들이 웅성거리는 저녁상머리에서
아우여 너 이야기를 했지

상투적인 답장 대신 우리가 만장일치로 결정한 것은
우르르 달려들어 자유로운 웃음 찍은
가족사진을 보내기로 했다

# 가을 간이역에서

떠남과 돌아옴이 엇갈리고 있다

칠 벗겨져 녹슬어가는 뾰족탑 지붕 위로
나부끼는 태극기보다 높게 뜬 기러기
잘 발달된 날갯죽지 근육이 부럽다

다시 발해까지 날아갈 행렬이라니!
땅 위에선 모든 꽃들이 세마치장단을
환송곡으로 연주하고 있다

태어나고 늙어가며 죽음에 이르는 길이
떠나고 돌아옴과 같아서 일정량으로 채워지는
세상은 넘치거나 가뭄에도 마르지 않는다

간이역에는 각기 다른 표정들이 엇갈리고
무작정 내려버린 듯한 부랑자 사내
무소유無所有의 사루비아 꽃밭을 점령하고 있다

꽃이불 밖으로 발을 내밀어
주름과 각질로 지나온 길을 추억하며
땀내와 향기를 기러기에 실려 보내는가

명분名分 없이 쉬어 가리라던
내 쓸쓸함이 어느새 다 녹슬고 있다

440

# 교무수첩 · 1

서둘러 둥지 속 알을 낳으러 떠나는 비둘기에게도 안녕!

봄비는 내가 다가가려 했던 머뭇거림
하늘에서 내려와 지상을 덮힌다

하늘과 땅 사이에 존재하는 것들에 대하여
무수히 질문 던져오는 아이들에게
모른다, 모른다로 일축하는 동안
숨어서 지는 꽃을 노려보는 동안
황당하게 인사를 건네는 봄비

뒷걸음치다 떠도는 향기에 취하고
바짓가랑이가 다 젖도록 꽃을 밟고 걸었다니!
하늘에서 채마밭 이랑이 내려오는 것이라고
아이들에게 얼버무린다

나의 체중이 닿지 않아도 나무들은
스스로 잎을 피울 줄 이제야 안다

3

쑥의 비밀

# 교무수첩 · 2

아이들은 가끔 엉뚱한 데가 있다

4월의 라일락 한 가지 아래서
담 넘어 석류나무를 생각하기도 한다

선생님 보셔요, 석류꽃 좀 보셔요
속에 든 것 하나도 없는 이는 픽! 쓰러져 나뒹굴고 있잖아요
꽃나무도 거세하나요
밀려난 꽃은 땅에 떨어져 거름되는 기쁨을 누리는 거란다

몇몇 아이들은 성적과 무관한 삶을 꿈꾸고
나는 그래도 매달려 열매 되는 꽃을
권유한다. 더욱 아름다운 미래가 있다고 햇살 아래서 코를 벌름인다

아직 잇몸 드러내고 웃을 때 아냐

석류나무를 향해 호되게 꾸짖고 나서 베링 해협 건너 온 편지를 읽는다
아메리카로 떠난 선배의 목소리는
뉴욕의 노동자의 임금을 이야기하고
누이들 짓뭉개는 풀망치를 이야기하고
나는 킬킬거린다

아이들에겐 조용햇! 엄포를 놓으면 왠지 목청 끝이 허전해진다
궁금해서 편지의 내용을 물어오면
뭐라고 답할까, 나는 더욱 엉뚱하다

# 교무수첩 · 3

새장의 새에게 누가 먹이를 줄 것인가

여름방학 시작되고 걱정했던 한때 내 생각이 기우였음을 뭉개고
아이들은 당번을 정해 물도 주고
모이통에 적당량의 먹이도 넣어 주고 있었다

철망 속의 새는 자신이 날 수 있는 반경 내에서는
가장 충실하게 날아다니지
모이통에 고인 햇살도 삼킬 줄 알고
가려우면 서로의 등도 긁어 주기도 하는 한 쌍의 문조는
횃대 위에서 넘어지고 거꾸로 매달리기도 하면서 여름을 나고 있다

눈병 앓는 나의 삼촌은 알까
정치를 한다고 나더러 통일주의 시 좀 쓰라는
삼촌의 하아프 G음계가 꾸는 꿈보다
뼛속 깊이 푸른 골수를 키우는 새

북만주까지라 금시라도 날 듯
새는 여름을 다 삼키고 있었다

# 교무수첩 · 4


약을 대로 약아진 도시의 아이들에게 한여름 매미 소리를 들려준다

빛나는 이미지의 책장을 덮고 귀 기울여봐요

한여름 나무를 심어놓고 화들짝
내 어릴 적 놀랍기만 하던 전설들을 들려준다

안팎으로 만나는 자들을 모두 죽이고
그 피를 받아 무엇으로 먼저
그들의 그릇을 채워 줄 수 있을는지

내가 그려보라고 지시한 나무는 어디에도 없었다
꺼밋하게 덧칠해 놓은 매연의 하늘에선
새들도 멀리 날아오르지 않을 것 같은 공포여
집의 담장들이 유난히 높게 그려져 나무의 밑둥은 윤곽조차 없었다

실기점수에도 유혹되지 않는 몇몇은 영어 단어를 외우거나 방정식에 취해
풍경화는 각자의 상상 속에 남겨보도록
과제로 남겨두는 수밖에 없었다

수업 마침을 알리는 종을 치자, 한여름 매미 소리 속으로
싱그러움이 되어 흩어지는 아이들

# 교무수첩 · 5

나는 지금 감사하는 법을 가르치려 한다

아버지의 아버지 그의 아버지들은
짐승을 잡아와 불에 굽기 전
둘러앉은 식구들에게 엄숙한 의식으로
가르치고 배우는 일을 구분했으리라

그러나 요즘은 잘 통하지 않는다

탄소측정법이 아니라도 돌칼을 들여다보면
내리던 눈이 그치고 푸른 돌기들 솟구쳐 오른
나뭇가지로 아버지는 땅바닥에 금을 긋는다

빗맞아 달아나는 짐승은 반드시 잡아주어야 한다고
그것이 오늘의 일용할 양식이라고
아이들에게 가르치는 게 얼핏 보인다

분명, 잘 믿기지는 않겠지만 그러했으리라

그 옛날 다감했던 아버지처럼
지금 여기 살아있다는 이유만으로도
서로에게도 감사하는 법 일깨우고 싶다

# 교무수첩 · 6

금시라도 유리창에 부딪힐 듯 날아오르더니
새는, 쨍하고 생각의 풀무에 불을 당긴다

꿈속에 키우던 늘푸른나무 둥지 속 새는
눈먼 새였음을 확인하는 오후

칠판 위에 서너 마리 새를 그려 넣고 돌아서서
튼튼한 지식의 갑옷을 기워 입는다

무엇을 가르치기 위하여 수선을 피우고
다시 무엇을 가르쳤는가에 골몰하면서
내가 기른 새가 너무 짧게 날고 있음을 슬퍼한다

내 푸른나무 둥지 속의 새는 멀리 날아가
단단한 분단의 벽도 쪼아댈 무쇠 부리를 지녀야 하리
오늘도 쇠를 벼리는 마음으로 버티고 선다

의상만 요란한 이 시대의 화법 따위
튼튼한 갑옷 걸치고 결투 신청을 하지만
바늘 한 쌈밖에 꺼내들지 못함을 안다

우리는 무엇을 가르치기 위하여
권위의 제복을 기워 입고
교탁 앞에서 수선을 떨어야 하는가

# 교무수첩 · 7

원근감을 강조하지만 아이들은 **평평한 그림을 더 잘 그린다**

핵폭발 같은 4월의 나무 라일락 한 가지 사이로 세상을 읽어 보렴
근거리에서 모든 게 잘 보이지 않을 땐
원거리에서부터 흐릿하게 색칠해가는 거란다

아이들을 교실 밖 풍경 속에 풀어 놓으면 조금씩 완성되는 그림이여
원경과 중경과 근경이 하나로 겹친다
원경에는 종합병원 응급실이 보이고
환자를 들쳐 업은 가족들 슬픔이 목격되고

중경에는 병든 수족 단련시키는 사내 개를 끌고 땀 흘리며 사라진다
라일락 한 가지 더 들춰보면
근경에는 무엇이 숨겨져 있을까

친구들과 귀가하던 버스가 떠오른다
청소부 복장의 아버지를 차 안에서 만났을 때
반가이 아버지를 부르지 못한 죄스러움
살짝 묻어 있구나

아이들은 이렇듯 평평한 그림을 더 잘 그린다

쑥의 비밀

# 교무수첩 · 8

햇살 한 줌씩 내리는 창가에서
연신 흙을 버무리고 반죽해 놓으면
아이들은 뚝뚝 필요한 크기로 흙을 떼어간다

무엇인가 그릇이 되기를 꿈꾸는 아이들에게
쓸모 있는 그릇들을 이야기한다

빗살무늬토기의 형태에서 백자까지
변천사를 수없이 읊어 댔지만
너희들이 만들어 놓은 것은 탱크와 비행기
핵탄두가 겨냥된 이 시대의 몰골들

몰래 거대한 성기를 만들어 가지고는
킬킬거리며 장난치는 녀석이 있는가 하면
신형 승용차를 만들어 붕붕거리기 일쑤다

빗살무늬 아름다움에 대해서는
별빛의 아름다움에 대해서는
무관해질 대로 무관해져도 좋았다

사실 내가 놓은 장치의 흉계를 너희는 알까

내가 원하는 건 너희가 흙을 만진다는 것
손끝을 타고 전해지는 생명의 느낌이여

무엇을 만들겠다는 그 이전의 촉감에는
너희들 정신없이 좋아하고 있음에는

아직 기대해도 좋을 자유와 평화가 있다

# 교무수첩 · 9

아이들에게 송년일지를 쓰게 한다

전자오락실 드나들며 시간 보낸 일도 있어
내년에는 좀 더 열심히 살겠다고
한 해를 마무리하는 2학년 3반 아이들

어떤 녀석은 그림일기를 쓰고 있다
신라 시대 수막새에 새겨진 다정한 얼굴
용현에게 잘 대해주지 못한 것이 못내 아쉽다고
여운 속 슬픔을 남겨 놓는다

오늘따라 이상스레 조용한 아이들
사이를 걷다가 허전함을 보았다 나는
낙서 한 줄 남기지 않은 매끄러운 책상
하도 키가 작아 3번이라 부르던 아이
이름 제대로 불러주지 못한 아쉬움이 가시로 찔려온다

또박또박 최선의 흔적을 남긴 아이
심장병을 앓는다는 것은 알고 있었지만
너는 열다섯 생일 아침에 꽃상여를 탔구나

붉은 줄 출석부에 긋기엔 짧은 생애여서

너의 아버지가 학급에 보내온 색연필
너희들이 하나씩 대신 생일선물을 받았구나
무지갯빛 선으로 그려내는 아이들

수막새는 지붕의 추녀 끝 물막이라고
한평생 흐린 하늘을 올려다보며
맑은 웃음 신라 사내 얼굴이 그려졌다고
나는 재차 큰소리로 마지막 감상단원을 덮는다

日誌를 다 못 쓴 사람은 종례 시간까지 제출 바람

유리창 가득 빗겨 내리던 눈발이 어느새
녹아서 수직으로 날아오르고 있었다

# 교무수첩 · 10

얇게 썬 뭇국을 마시고 쑥색 넥타이로 목울대를 졸라 묶고
출근을 한다. 무청 머리 출렁이며
떠밀리는 돌들 더욱 빛날까

낙동강 하구는 이상 없다
이상 없다 몇 개의 신호등을 무사히 건너서
정오의 하늘 아래 버티고 선다

유리창 안에 갇혀서 키득거리는 제법 머리가 굵은 아이들은
금이 간 돌의 슬픔을 적발해 내고
손바닥 툭툭 운모빛 울음을 터트려도
아직 순수함을 확인한 나는
수선스런 이끼꽃을 한낮의 햇살에 널어둔다

아차! 시간도 다 말라가는 것 아닐까 걱정도 되어
무수히 경례를 시켜 보기도 하는구나

너희들은 선생-니ㅁ 따르고 부르고
나는 그냥 단단해지고 싶을 뿐이라고
중얼거림 속 반성의 세제를 풀어 넣는다

벌판을 소리개의 깃털로 치달으며 내뱉던 이 땅의 돌들

새파란 숨결을 들려준다
황산벌 통일 외치던 소리도 들려
나는 자꾸 떨려오는구나

순간의 삶을 깨고도 싶지만
바위틈 송사리 몇 마리도 눌러 죽이고 싶지만
구르고 굴러서 닳아지는 돌의 행려여

오늘도 비누로 머리를 헹구고
시퍼런 머리채 뒤흔들며 굴러굴러
멈춘 돌의 등 떠밀려간다

# 교무수첩 · 11

오후 보충수업 시간엔 암막暗幕을 쳤다

보여줄 게 있다고 아이들에게 틀어주는 환등기 속
가르침 막대기로 몽상夢想을 짚어 내려가면
실물 크기로 만져지는 그릇들

어둠 속에서 부끄러운 듯 잔잔한 머리통들이
출산出産으로 튼 자신들 어머니 아랫배를 더듬고 있다
하관下觀이 긴 편인 얼굴 위 무심히 찍힌 빗금들

참깨밭 그루터기를 지나는 햇살에 미끄러워 어머니가 보고 싶다

볼 붉은 서산마루 배경으로
호미를 털며 집으로 걸어오시는 길

그 기다림의 적막한 시간이 찰각찰각 돌아간다

# 교무수첩 · 12

  1.

기다리지 않아도 아침은 길을 풀어놓고
안개주의보에도 아이들을 길로 내몬다

내가 읽던 화엄경도 어지러움뿐
그 어지러운 길들을 추위 속에 남겨 둔다

교정에서 만나는 어제의 얼굴이
낯설다. 그래서 더욱 반가운 3월
아이들은 환경미화 한다고 법석이다

쑥의 비밀

겨울 온실에서 크던 식물 하나
덩그러니 창틀에 올려놓는 아이들은
엉겁결에 식물 이름을 물어온다

식물도감 한 번 넘겨보지 않고도
계문강목과속종 따윈 무시되어도
좋았다. 생긴 모양이 하도 신기해 석가釋迦라 명명한 식물

아이들은
석가석가 잘도 따라 부른다

2.

변두리 국민학교 특수반을 졸업했다는 창식이는 다른 당번 다 그만두고 물 당번을 자청한다. 아침 저녁 물 주기를 배고픔처럼 잊지 않더니, 시간이 지날수록 잎이 무성해지는 석가여!

살찐 석가는 주위의 시간을 무기력하게 해, 기다림이 꽃으로 피기를 기다리는 동안 아직 모국어조차 읽고 쓰지 못하는 중학교 이학년 몇몇 아이들은 주관식 답안지 가득 싱싱한 풀잎을 그려 넣고 있었다


3.

花粉에는 더 이상 뿌리 뻗을 공간이 없고 가부좌 튼 무릎 배경 위로 뚝뚝 저절로 떨어지는 잎새도 있다. 수족 오그라드는 고행의 방식에 수정을 가해야 할까 보다

사회 정치 경제 문화면 신문지 깔아놓고 웃자란 뿌리 잘라내야 한다고 새마을 주임은 비법을 가르쳐 주었다. 가르쳐 준 대로 내가 전지가위를 휘두르는 동안 주위를 둘러싼 아이들은 나의 집도를 우울하게 내려다본다

살아날 수 있을까 궁금한 눈을 껌벅인다. 참았던 웃음 같은 꽃이 피어나기를 기다리던 아이들 그동안 너무 성급했음에 반성하며 제대로 기다

리는 법에 눈뜨기 시작하는 걸까

칼끝이 지나가면서 비명처럼 동강 나는 뿌리에 움찔움찔 움츠린다. "이젠 꽃을 피울 거야" 내가 다시 화분에 뿌리를 담아주자, 아이들 고운 흙을 덮어 뿌리를 묻어주고 있었다

바쁠 것 없는 기다림의 시간이 길의 안개를 걷어내면 꽃은 정말 필까

쑥의 비밀

457

## 교무수첩 · 13


떠나와 산다
광부鑛夫인 대代 잇지 못하고
마파람 한 자락에도 눈물겨운 도시
언제부터인가 마을 입구 푸른약국 앞에
진을 친 붉은 수염 영감쟁이 늙어가는 걸
오며 가며 살피고 산다

조준된 송곳으로 낡은 것의 구멍을
뚫는다. 물이 스며들 틈 전혀 주지 않으려
실과 본드칠로 신발을 깁는다

콧노래로 그는 뜸북뜸북 못을 치기도 한다

한 해가 스며드는 삼월이면
미술책 표지에 찍힌 수렵도 펼쳐들고
아이들 앞에서 삶을 이야기하는
나의 일과 끝나는 시간까지 그는 기다린다

절룩이는 가로등 아래 골목길을 오르는 나에게
피 마른 짐승의 가죽을 재단하러 떠나야 한다고
사내란 모름지기 그래야 한다고

은근히 암시를 준다

비탈길도 가위로 오려내면 평평해지는 이치로
땀 젖은 신발 끌고 흙탕길로 오를 때
전혀 힘겹지 않을 시퍼런 깔창을
내 발밑에 깔아주는 사내여

젖지 않은 실타래를 풀던 그대, 푸른약국 간판글씨보다 밝게
횡단보도를 건너온 사람들
갈라진 길들을 기다린다

쑥의 비밀

# 교무수첩 · 14
### – 근황을 묻는다

살고는 있으나
잘 살고 있는 걸까. 궁금해진다

처마가 짧은 일본식 건물 교정에서
창밖의 세상엔 곁눈질로 가 닿으면서
아이들에게 맹목적 순종을 강요하지는 않았는지

튼튼해야 할 서른 살이 후들거린다

유리창을 예리하게 칼날처럼 스치는 겨울비는
잘 살지 못하는 나에게 우박을 동반하고 와서
정원의 나무들 마지막 호흡도 난도질한다

이때 잎들은 비명조차 잃고 흩어진다

추수의 손길 닿지 않은 가지 끝 석류가
입천장까지 드러내며 한눈을 파는 동안
수업 시간임을 일깨우지만
아이들 하품은 가출한 빈자리로 날쌔게 옮겨 앉는다

삼삼히 떠오르는 물 괸 길의 살얼음

발목 젖은 아이들의 행적이 불안하다

이놈의 세상! 무심코 내뱉은 독백이
썩어지는 것처럼 아름답다고 느낄 때
발 디딜 자리도 없어 서성이는 겨울비

증거할 것 하나도 없는 것을 증거하듯
결빙의 땅을 뚫고
측백나무뿌리에 닿고 있다

# 박윤배 시인이 걸어온 문학의 길

● 문청 시절 충북대학교 '창'문학회에서 시 공부를 시작했다. 1984년~1985 대학문단에서 전국대학생 공모전〈중앙문화상(중앙대), 외문문화상(한국외국어대), 개신문학상(충북대), 대학문학상(원광대)〉에서 시 부문 장원으로 시창작의 기초를 다졌으며, 1989년 매일 신춘문예에 시 〈겨울판화〉가 당선되어 문단에 나왔다. 이어 1996년 〈시와시학〉 신인상 수상. 1993년 첫 시집 『쑥의 비밀』을 상재하여 문단에 주목을 받았다. 그 후 시집 『얼룩』(문학과경계사), 『붉은 도마』(북랜드), 『연애』(책나무), 『알약』(시와표현)을 상재했고, 여섯 번째 시집 『오목눈이집증후군』(북랜드, 2018) 이 출간되어 문단과 독자에게 좋은 반응을 얻고 있다. 또한 2018년 대구 · 경북에서 가장 권위 있는 금복문화상을 수상하였다.

● 올해로 등단 30년을 맞았으며 꾸준한 시 창작과 함께 다양한 시 보급 활동을 통해 독자에게 문학 향유의 활로를 열고자 다양한 활동도 함께해왔다. 대구시인협회의 창립에 관여하였고 사무국장으로 활동하였고 대구문학관 건립 추진위원회 사무국장으로 활동하였으며, 현재는 시를 가곡으로 만들어 무대에 올리는 대구예술가곡회의 사무국장을 맡았다. 또한 자작시 〈문리버〉, 〈관계〉, 〈하늘사다리〉, 〈서리꽃〉, 〈걸어온 살구나무〉, 〈슬픈 연가〉도 가곡으로 작곡 수차례 무대에 올려 연주되고 있다.

● 계간 《문장》지에 편집위원으로 참여하여 주간으로 활동하였으며, MBC 〈여성시대〉 진행, 대구 문예영재원 강사, MBC문화교실 시 창작 강사를 지냈다, 현재는 범어도서관 시 창작 지도강사, 서부도서관 시 창작 지도강사, 고령

주부독서회 지도강사, 경주문예대학 강사 등에 이르기까지 시민 독자들에게 다양한 시 창작 및 현대시의 이해를 위한 강의 활동을 펼치고 있다.

● 기타 활동으로는 한국시인협회, 대구문인협회, 대구시인협회, 시와시학회, 새로운 지성과 감성 회원이며, 40대 한국 시인 단체 〈볼륨〉 고문, 인터넷 카페 〈신춘문예 공모나라〉 후원회장으로 전국 문학 지망생들의 활동을 지원하며 문학단체 〈형상시학회〉 대표이사이다. 시창작원 형상시학 수료자들을 위해 〈형상시선〉 시리즈 시집 29권을 출간하였으며 〈형상시학 연간 사화집〉을 7권을 상재, 2019년 형상시학 현재 7집을 발간했다.

● 등단 30년 동안 6번째 시집 상재 이후, 시집『오목눈이집증후군』박윤배 시 낭송 콘서트를 낭송가 단체와 연계 (재능시 낭송가협회) 2018년 8월 30일 푸른방송 별관, (사단법인 국제 아름다운 소리 협회) 2018년 10월 14일 수성 못 울룰루 문화마당에서 공연, 독자와 시민들에게 좋은 반응을 얻었다. 신춘문예 및 각종 심사위원을 역임했으며 2018년 국제적인 시 보급 운동 차원에서 인도네시아 문인협회의 적도문학상 심사위원 초정으로 인도네시아 자카르타 및 중부 자바지방 암바라와를 다녀오는 등 활동 범위를 넓히고 있다.